모든 날 모든 순간 함께해

## 모든 날 모든 순간 함께해

**초판 1쇄 발행**  2019년 9월 20일
**초판 3쇄 발행**  2020년 8월 15일

**지은이**  이은재
**펴낸이**  이주윤
**펴낸곳**  베네북스

**편집인**  유지서
**일러스트**  숨은달
**디자인**  씨오디

**등  록**  제331-2009-000001호
**주  소**  서울시 마포구 합정동 412-17
**전  화**  070-7533-2887
**팩  스**  070-8285-8573
**이메일**  jlpub@naver.com

ISBN  978-89-961506-7-1  03810

* 이 책은 저작권법 및 특허법에 따라 보호받는 저작물이므로 무단전재와 무단복제를 금합니다.
* 책값은 뒤표지에 있습니다.
* 잘못 만들어진 책은 구입하신 곳에서 바꿔 드립니다.

# 모든 날
## 모든 순간
### 함께해

··· 이은재 에세이

베네북스

o 프롤로그

"전 작가님이 친구라 행복해요. 득템했어요."
"이은재님 안녕하세욘. 저도 은재님의 책이
빨리오기만 학스고대할게요. 사서잆게습니다."
("이은재님 안녕하세요. 저도 은재님의 책이
빨리 나오기만 학수고대할게요. 사서 읽겠습니다.")

이것은 내가 SNS를 시작하면서 받은 댓글 중
유난히 가슴을 쳤던 두 개의 글이다.
안타깝게도 첫 번째 댓글의 주인공은
이 글을 쓰고 한 달도 안 되어 유명을 달리했다.
말하자면, 나는 그녀가 세상을 떠나기 전
지상에서의 마지막 친구가 된 셈이다.
두 번째 댓글의 주인공은 연세가 꽤 되신 할머니인데,
오타 속 할머니의 수고가 오롯이 느껴져
눈물이 핑 돌았다. 내가 뭐라고.

한 치 앞도 모르는 게 인생이라고
불과 2년 전만 해도 나는 이 두 사람이
어디에 살고 무엇을 하는 사람인지 전혀 알지 못했다.
그런데 어느 날 우리는 영화 〈번지점프를 하다〉에 나오는
"이 세상 아무 곳에다 작은 바늘 하나를 세우고
하늘에서 아주 작은 밀 씨 하나를 뿌렸을 때
그게 바늘에 꽂힐 확률…." 이 대사처럼, 그 말도 안 되는 확률로
만났다.
어떤 강력한 인연의 이끌림에 의해.

이뿐인가.
지금 내 곁에는 내 글을 아끼고 성원해주는
SNS 친구들과 독자들로 가득하다.

내 삶 어디메쯤
이런 축복이 나를 기다리고 있으리라
상상이나 해보았던가.

첫 책, 『사랑의 중력』을 읽은 독자들로부터
큰 위로와 용기를 얻었다는 문자를 많이 받았다.
사랑한다는 말과 함께.

살아오면서 들었던 그 어떤 사랑 고백보다
나를 가슴 뛰게 했던 말이다.

무릇 작가란,
대부분의 사람들이 가슴에 품고 살아가나
차마 글로 표현할 수 없는 삶의 은유들을
활자로 전달하는 사람이다.
누군가가 그 책을 읽고
힘을 얻고 위안을 받는다면 그보다 더한 영광이 있을까.

두 번째 책 『모든 날 모든 순간 함께해』에는
첫 책에 실으려 했던 내용들이 다수 들어 있다.
엄마가 돌아가시기 전 투병할 때 이야기며
딸아이가 사춘기를 힘겹게 통과하는 걸 보며
엄마로서, 딸로서 느꼈던 회한의 사유들이 그것이다.
그사이 엄마는 하늘나라로 떠났고
딸아이는 그 요란했던 질풍노도의 시절을 끝내고
예전의 착하고 모범적인 딸로 돌아왔다.

원고를 정리하면서
활자 속에 화인처럼 박혀 있는 엄마에 대한 기억으로

눈시울이 뜨거워져 몇 번이나 작업을 중단해야만 했다.
세월 앞에 변하지 않는 건 아무것도 없다.
익숙했던 공간이 낯선 공간으로 바뀌고
어제까지 살갑게 인생을 얘기하던 친구가
이제는 떠올리기조차 부담스런 1인이 되는
세월의 역습 앞에 우리가 할 수 있는 일이란
아무것도 없다. 엄마의 부재도 마찬가지리라.

작가의 소명은
얼마나 현란한 필력으로 글을 잘 쓰느냐에 있지 않고
얼마나 진정성 있는 통찰로 사람 마음을 따뜻하게
어루만져 주느냐에 달려 있다고 생각한다.
여러분이 이 책을 펼치는 순간
나는 모든 날 모든 순간을 그대들과 함께할 것이다.

이 책을 내 사랑하는 SNS 모든 친구들께 바친다.

우리에게
희.망.이.지. 않.은. 날.이 있었던가.

그대의 벗. 은재

o 차례

프롤로그 • 4

그건, 우주를 품는 일 • 15
엄마가 붙인개라면 붙인개 • 18
할머니와 풀빵 • 21
영혼은 기억하고 있다 • 25
내 등 좀 봐주실래요 • 28
고통이라는 희망 • 33
보이지 않는 아픔 • 36
사랑, 그놈 참 • 39
돌아보면 넌 항상 그리움 • 43
아픈 기억도 때로 버팀목 • 45
너와 나 사이에 바람이 불도록 • 47
당신의 선택을 믿어요 • 49
내 속엔 내가 너무도 많아 • 53
죽음보다 더한 감동 • 56

모든 날 모든 순간 함께해

할머니의 이유 있는 변명 · 61

나랑 가면 안 되겠니 · 64

밀어내고 밀어내도 · 67

조금만 더 내 곁에 · 72

애인도, 친구도 아닌 평생 길동무 · 76

그런 친구면 충분합니다 · 79

지금 여기를 사는 행복 · 83

당신이란 존재 가치 · 86

내가 누군지 알아? · 89

지랄 총량의 법칙 · 92

간절히 원하면 흐린 날도 푸름 · 95

단 하나의 의미만으로 · 97

봄날은 온다 · 99

당신이 있어서 참 다행입니다

마음 속에 간직한 꼭 한 사람

엄마의 눈썹 • 105

엄마 아직 살아주어 고마워 • 108

유행가가 그런 거죠 • 111

삶의 오작동 • 116

슬픔이 익으면 그리움으로 맺힌다 • 119

추억의 호미질 • 122

당신과 결혼하지 않겠다 • 128

다음 생엔 이 남자 말고 그 남자 • 130

인생에 공짜는 없어요 • 133

유혹에 대처하는 자세 • 136

내 마음은 나의 것 • 139

진짜 인연, 가짜 인연 • 142

빗방울이 어깨를 모두 적신다 해도 • 146

가끔은 브레이크를 밟아보세요 • 150

지금 나, 안녕하십니까?

내 이름은 내 새끼 • 155

떠나는 사람 남겨진 사람 • 158

꽃이 피면 지는 날도 • 161

사랑은 언제나 나를 배반한다 • 164

비 내리는 산사에서 • 167

당신의 가족은 안녕하십니까? • 171

행복하길 멈추지 마세요 • 174

이제는 나를 사랑할 때 • 178

어른이 된다는 것 • 182

절대, 결코, 반드시? • 185

채움보다 가득 찬 비움 • 189

그까짓 1이 뭐라고 • 193

나도 몰랐던 나 • 196

솔직함과 무례함 사이 • 199

그럼에도 불구하고 • 202

## 혼자 옆엔 언제나, 같이

그래도 우린 친구 · 209

때론 같이 결국은 혼자 · 213

오늘이란 선물 · 217

그녀가 행복한 이유 · 222

떠나온 자리, 떠나간 자리 · 225

지지 않을 용기 · 229

자기 검열을 놓치지 마세요 · 233

참을 수 없는 가벼움 · 236

돌고 도는 인연 · 240

나만의 행복 풍경 · 243

식탁의 변심 · 247

비밀의 방 · 251

다른 인생 같은 무게 · 255

세월은 나를 배신하지 않았다 · 259

세상은 언제나 당신 편 · 262

。 모든 날 모든 순간 함께해

우리의 오늘은 이미
행복과 가능성으로 차고 넘칩니다.
그것을 발견하는 건 당신의 몫.
오늘도 눈이 부시게!

# 그건, 우주를 품는 일

영화 〈러브 어페어〉를 꽤 여러 번 보았는데
볼 때마다 새로우니 사랑이란 역시
우리 인생의 영원한 주제인가 봅니다.

살면서 그렇게 확신에 찬
사랑의 감정을 느끼는 순간이
정말 누구에게나 오는 걸까요?

상식적 판단, 통념적 순리
이 모든 것을 무시하더라도
유일하게 갖고 싶은 단 한 사람,
과연 그런 운명적인 사람이 있긴 한 걸까요?

주인공인 마이크와 테리는

비행기에서 운명적으로 만납니다.
그리고 3개월 뒤 엠파이어스테이트 빌딩에서 다시 만나
새 출발을 하자고 약속합니다.

마이크는 새로운 연인과의 사랑을 꿈꾸며
약혼녀와 파혼하고 미련 없이 주변을 정리하죠.
그의 3개월은 새롭게 시작될 테리와의 사랑으로
온통 설렘 가득합니다.
그 스스로 고백했듯이,
살아오면서 단 한순간도
자신의 삶에 충실해본 적이 없다던
남자였는데 말입니다.
모든 걸 다 버리고서라도,
유일하게 소유하고 싶은 단 한 사람.
사랑은 그런 거랍니다.
오직 그 사람밖에 안 보이는….

어쩌면 누군가를 사랑한다는 것은
작은 우주 하나를 품는 일인지도 몰라요.

그 누구의 발길도 닿지 않은 신비로운 공간에서
그의 모든 걸 애정하며 즐기는 것.
언제 지구 밖으로 떨어져버릴지 모르는
위태로움을 기꺼이 감수하면서
그 감미로운 희열에 온 정신을 담그는 것.
새로운 우주에 첨벙 영혼을 던져버리는 것.
그래서 더욱더 기약 없는 항해….

그런 우주 하나, 품고 있나요?

# 엄마가 붙인개라면 붙인개

붙인개

이것은 한 어머니가 집에 다니러 온 아들에게 바리바리
부침개를 싼 포장 위에 사인펜으로 써 놓은 단어입니다.
인터넷에 올라온 이 사진을 보며 코끝이 찡해오더군요.

맞춤법은 틀리진 않았으나 우리 엄마도 마찬가지였습니다.
친정에 온 막내딸만 보면 뭐 줄 게 더 없나 발 동동 굴리며
냉장고 문을 몇 번이나 닫았다 열었다 했지요.
나는 이미 차고 넘치도록 많은 것을 받았건만 엄마의 퍼주
기 식 사랑은 끝이 없었습니다.
당신이 기억하는 어머니들의 모습도 다르지 않을 테지요.
평생을 자식 위해 헌신했으면서도 또 더 줄 게 없나
노심초사하던 그 옛날 우리 어머니들!

추운 겨울밤 굶주린 자식들이 배고파 잠 못 들면
자다가도 벌떡 일어나 부침개라도 부쳐주던 우리 어머니들!
자신의 생살 뜯어 먹인다 한들
그분들은 아프다고 하였을까요.
무학이라 배운 게 없어 맞춤법은 자주 틀릴지라도
엄마는 자식이 원하면 못할 게 없고 못 만드는 게 없는
만능 여인이었습니다.

이제 그런 엄마가 떠나고 없는 빈자리는 우물처럼 깊고 적막하기만 합니다.

"어머니가 붙인개라고 하면 붙인개인 거다."
이것은 이 사연을 접한 네티즌들이 올린
한결같은 감상평입니다.
정말 센스 있는 댓글이지요?
궁금해서 저도 하나씩 읽어 보았습니다.
이런 글들이 쓰여 있더군요.
"우리 엄마도 매일 목화커피(모카커피)를 마셔요."
"우리 엄마는 해질녘 커피(헤이즐넛 커피)를 마셔요."

"우리 엄마 폰엔 제 이름이
곧 미남 아들(꽃미남 아들)이라고 쓰여 있어요."
"우리 시어머니가 불노밸(블루베리)이라고 쓴
정체불명의 과일을 보내오셨어요."
댓글들을 읽으며 그만 빵 터지고 말았지요.

그중에 유난히 가슴을 치는 글 하나가 있어서 옮겨 봅니다.

본가에 들른 아들이 TV를 보다가
"엄마! 리모컨 잠시 빌릴게요" 해서
리모컨을 건네받았습니다.
엄마는 어쩐 일인지 평소에
리모컨을 유독 아꼈다고 하네요.
집에 돌아온 아들이 가방을 열었더니
그 안에는 리모컨이 들어 있었습니다.
어머니는 그토록 소중하게 여기는 리모컨을 혹시
아들이 계속 필요로 할까봐 몰래 넣어두었던 겁니다.

그 어머니는 치매를 앓고 있었다지요.

# 할머니와 풀빵

어느 늦은 밤. 남편과 동네 근처에서 생맥주를 한잔하고 나오는데 풀빵 장수 할머니가 부르는 겁니다. 파장이라 한 봉지에 이천 원짜리를 천 원에 줄 테니 한 봉지만 사라는 거였죠. 보아하니 세 봉지가 남았더군요.
순간, 내가 이 빵을 다 사면 할머니가 퇴근할 수 있겠구나 싶어 물었습니다.
"그럼 제가 세 봉지 다 살 테니 할머닌 얼른 퇴근이나 하세요" 했더니 내 눈치를 사알 보며 이러는 겁니다.
"아이고! 고마 내가 말이 헛나왔네. 한 봉지에 천 원이 아니고 이천 원이여! 이천 원!"
입에 침도 안 바르고 금방 말 뒤집기를 하는 할머니가 너무 귀여워 쿡, 하고 웃음이 났습니다.
따지고 보면 원래 한 봉지에 이천 원짜리니 설사 삼천 원을 더 주고 산들 크게 억울할 일도 아니었지요.

모른 척하고 얼른 계산을 하니 할머니는 이게 웬 횡재냐는 표정으로 서둘러 퇴근 준비를 합니다.
단돈 육천 원이 한 사람의 귀가를 결정짓는 소중한 돈이라고 생각하니 가슴 한편이 아려왔습니다.

기다리고 있던 남편에게 이 이야기를 했더니 잘했다며 웃는 겁니다.
집으로 돌아와 땅콩 풀빵을 핑계 삼아 2차로 남편과 와인 한잔씩을 더했지요. 와인과 함께 먹는 풀빵은 도무지 어울리지 않는 부조화의 맛이었지만, 그날 밤 우리는 할머니가 건네준 땅콩 빵 세 봉지로 즐거운 수다 연장전을 가질 수 있었습니다.

흔히 화장실 갈 때와 나올 때 마음이 다르다고 합니다.
살다보면 화장실 변심의 배신 때리기는 일상이기도 해서 별로 놀랄 일도 아닙니다.
곤경에 빠진 지인이 도와달라고 해서 온갖 인맥 다 동원해 해결해주고 나면 언제 그랬냐는 듯 입 싹 닫고 모른 척할 때도 얼마나 많은데요. 그럴 때 대가를 바라고 한 일은 아니지만 허탈하기 짝이 없어요.
그에 비하면 할머니의 말 바꾸기 거래는 오히려 애교에 가깝습니다.

그런 생각도 들었어요.
세 봉지에 삼천 원이라고 했다가 얼른 육천 원으로 말 바꾸는 할머니의 기민한 계산법은 어쩌면 오늘날 그 고된 삶을 지탱해준 삶의 힘줄이었는지 모른다는.
그런 배신이라면 백 번 당해도 괜찮겠습니다.

세상에는 알고도 모르는 척 눈감고 넘어가주는 일도 몇 개쯤은 있어야 합니다. 모든 일마다 손익계산 앞세워 내 것 네 것 따진다면 너무 삭막하거든요.
상대방의 거짓말이 적어도 그 사람의 생존과 직결되었다면, 그래서 내가 그 사람의 과오를 눈 감아주고도 능히 감당할 수 있다면 기꺼이 속아주는 지혜도 필요합니다.

할머니의 귀여운 상술과 알면서도 모르는 척한 나의 능청 때문에 세상이 바뀐 건 하나도 없습니다.

대신 제가 건넨 단돈 육천 원으로 할머니가 빨리 귀가할 수 있었다는 사실은 저를 행복하게 했습니다.
또한 할머니의 소소한 말 바꾸기 하나로 우리 부부는 예정에 없던 행복 하나를 더 건졌으니 이것만 해도 내가 분명 더 남는 장사 맞지요?

## 영혼은 기억하고 있다

얼마 전 읽은 슬픈 기사입니다.
멀쩡하게 잘 살던 한 남자의 아내가 어느 날 폐암4기 진단을 받았습니다. 방사선 치료에다 별의별 건강요법을 시도했지만 아내는 결국 의식불명에 빠졌습니다.
아내의 생일 하루 전날, 남편은 다섯 살인 아들을 불러 엄마에게 마지막으로 생일 축하 노래를 부르게 했습니다.
그 순간 닷새 동안 의식이 없던 아내가 눈을 번쩍 뜨며 아이에게 뭔가 할 말이 있는 듯 사력을 다해 입을 오물거렸습니다. 그러고는 잠시 후 편안하게 눈을 감는 것이었지요.
아내는 마지막 사선에서 어린 아들을 꼭 한번 보고 떠나고 싶어서 죽을힘을 다해 버텼던 것입니다.

또 있습니다.
오래전 지방 병원의 한 인턴 의사가 쓴 글이 인터넷에 올라

온 적이 있어요. 이런 내용이었죠.

스물여섯 살의 꽃다운 청년이 공사장에서 추락해 새벽에 응급실로 실려 왔답니다. 얼굴과 머리를 심하게 다쳐서 원래 모습은 알아볼 수 없을 정도였고 의식도 완전히 잃은 상태였습니다. 살아날 가망성이 없다고 판단한 의사는 심전도 파동이 멈추면 청년을 곧바로 영안실로 옮기라고 간호사에게 일러두고 자리를 떴습니다.

그런데 이게 어찌된 일일까요.

청년은 그 후 장장 이틀이라는 시간을 더 살아 있었습니다.

의사가 도대체 청년에게 어떤 말 못할 사연이 있기에 저리도 못 떠나고 있는 걸까 의문을 갖는 찰나, 넋이 나가 사색이 된 한 젊은 여인이 중환자실로 들어왔습니다. 결혼한 지 삼 개월 된 그의 아내였지요. 배 속에는 곧 태어날 아기도 있었고요.

바로 그 순간 믿을 수 없는 일이 일어났습니다.

젊은 여인이 눈물을 흘리며 그가 누워 있는 침대 옆에 서자 거짓말처럼 심전도 파동이 멈춘 것입니다.

그 또한 기다렸던 것이지요.

의학적으로는 도저히 설명이 안 되는 현장을 직접 목격한 의사는 충격을 받고 그만 할 말을 잃었습니다. 한편으로는 우리 눈에는 보이지 않지만 사랑하는 사람 사이에는 끊으래야 끊을 수 없는 강력한 영혼의 힘이 있음을 절감하며 그녀에게 다가가 이렇게 전했습니다.

그가 당신과 당신 배 속의 아기를 마지막으로 보고 떠나기 위해 지금까지 삶과 죽음의 경계에서 얼마나 오랜 시간을 버텼는지 모른다고.

# 내 등 좀 봐주실래요

살면서 사람이 보일 수 있는 가장 슬픈 표정은
앞모습도 아니고 옆모습도 아닌
바로 뒷모습이라고 한다.


점심을 먹고 강아지들과 공원으로 산책을 나갔다가
벤치에 외롭게 앉아 있는 한 중년 남자를 보았다.
그는 삼십 분이 지나도록 미동도 않고 그 자리에
앉아 있었다.
불현듯 호기심이 발동했다.
휴일도 아닌 평일 낮에 사무실도 아닌 공원에 나와
저리 오랫동안 앉아 있는 걸 보면
아마도 실직자 아니면 은퇴자일 것이다….
그래서일까?

벤치에 등을 기대고 앉아 있는 그의 뒷모습이
유난히 쓸쓸하게 느껴졌다.
등에는 그 사람의 오만 가지 표정이 다
들어 있다고 하지 않나.

그 모습이 누군가의 아버지, 남편, 혹은
아들일 수 있겠다고 생각하니
마음 한구석이 아파왔다.

그때 눈치 없는 초롱이가 그의 곁으로 다가가 반갑다며
꼬리를 흔드는 것이었다.
그런데도 그는 귀엽다거나 싫다거나
그 흔한 반응조차 하지 않았다.
꼬리 치는 동네 강아지에게 눈길 한번 줄 수 없을 만큼
그의 상심은 깊고도 내밀한 것인가.

더 있다가는 방해만 될 것 같아서 서둘러 강아지를 데리고
자리를 떴다.
주차장으로 가면서 왠지 궁금해

계속 뒤돌아보았더니 그는 그대로였다.
마치 벤치에 앉혀 놓은, 청동 조각상처럼.

큰오빠가 근무하고 있는 병원에 들른 적이 있다.
그때 오빠는 진료를 막 마치고
막간을 이용해 잠깐 쉬고 있던 중이었다.
바흐의 무반주 첼로곡을 들으며 허공을 응시하고 있는
큰오빠의 뒷모습이 그날따라 유독 슬퍼 보였다.
그때 알았다.
슬픔이란 꼭 눈으로 말하지 않아도
마주하는 그 사람 등만으로도 충분히 읽을 수 있음을.

몇 년 후, 오빠는 뭐가 그리도 급했는지
서둘러 세상과 작별했다. 사고사였다.

그때 보았던 큰오빠의 뒷모습은
내가 기억하는 세상에서 가장 슬픈 뒷모습이다.
그때 내 오빠는
무엇이 그리도 슬펐던 걸까.

성공한 의사로 최고의 삶을 살고 있었는데….

그때 오빠에게 왜 슬프냐고 한번쯤 물어보지 못했던 걸
나는 두고두고 후회한다.

오늘 쓸쓸한 누군가의 등을 보았다면
외면하지 말고 "수고했다" 하며
한 번이라도 쓰다듬어주기를 바란다.
무심코 건넨 손의 온기가
그에게는 백 마디 말보다 더 큰 위로가 될 수도 있기에.

어쩌면 지금 이 순간도
곁에 있는 가까운 이의 뒷모습은
수시로 이렇게 신호를 보내고 있는지도 모른다.

제발 내 슬픈 등 좀 한번 쳐다봐주실래요?

사랑하는 이의 등을
너무 외롭게 내버려두지 말자.

지금도 그 아픈 등은
아슬아슬한 삶의 곡예줄 위에 서서
가뜩이나 가녀린 어깨의 면적을
조금씩 좁혀가고 있는지도 모른다.
누군가의 관심을 애타게 그리면서.

## 고통이라는 희망

내 그대를 생각함은 그대가 앉아 있는 배경에서 바람이 불고 해가 지는 일처럼 사소한 일일 것이나 언젠가 그대가 한없는 괴로움 속에 헤매일 때에 오랫동안 전해 오던 그 사소함으로 그대를 불러 보리라.

황동규의 시 〈즐거운 편지〉입니다.
아름다운 시여서 몇몇 영화의 모티브가 되기도 했죠.
청년 시절, 시인이 연상의 여인에게 실연당한 심경을 읊은 글이라서 그럴까요. 행간마다 이별의 아픔이 절절합니다.

누군가를 사랑하는 일이란 그대가 앉아 있는 배경에서 바람이 불고 해가 지는 일처럼 사소한 일이라 역설했던 시인은 떠나간 연인을 꽤나 잊지 못했나 봅니다.
하지만 그 그리움이 쌓이고 쌓여 결국에는 이리도 아름다운 시를 탄생시킨 걸 보면 시인의 기다림이 정녕 헛되진 않았네요. 그리움의 승화라고 할까요.
무릇 걸작은 예술가가 가장 힘들고 영혼이 허기질 때 나온다고 했습니다. 극단의 결핍 상태가 아름다운 예술혼으로 미화되기 때문이죠.

가끔 그런 생각을 합니다. 우리가 이따금씩 마주하는 삶의 불청객, 평화의 균열과 붕괴는 앞으로 우리가 더 잘 살기 위한 고행의 과정이 아닐까 하고요.
그런 아픔을 통과한 시간은 세상이 놀랄 만한 떠들썩한 삶은 아닐지라도 어느 날 되돌아보았을 때 "그래, 그 힘든 가시밭길을 헤치고 여기까지 온 걸 보면 내가 참 잘 살아냈구나" 하는 위안을 갖게 합니다.

SNS 친구들에게 삶이 힘들어 견딜 수 없다는 문자를 받을 때가 있어요.
누군가는 삶이 즐거워 주체 못할 행복감에 빠져 사는가 하면 누군가는 당장 죽을 것만 같은 고통에 어쩔 줄 몰라 하며 제발 나 좀 살려달라고 합니다.

이 교차하는 삶의 대비 또한 당신이 앉아 있는 배경에서 해가 지고 바람이 부는 일처럼 사소한 일이겠지요.

지금 당신 앞의 말도 안 되는 삶의 환난들은 언젠가는 다 지나갑니다. 다른 이의 삶에도 예외 없이 관통하는 통과의 례인걸요.
그 어려운 시간을 인내로 숙성시키고 나면 어느 날 우리에게도 절로 미소를 머금게 되는 기쁜 날이 오지 않겠어요?

힘들다 힘들다 하면 삶은 더 힘들어지는 법.
나는 행복하다, 나는 즐겁다, 라는 반어와 역설의 시어들을 자꾸 갈무리해놓으세요. 황동규 시인이 기다림의 고통을 반어법 시어들로 희망한 것처럼.

하늘 아래 나만의 고통이란 존재하지 않습니다.
그리 느끼는 내 속의 한계만이 존재할 뿐.
어쩌면 하늘에서 보면 당신 또한 이 풍진 세상을 살아가고 있는 하고많은 사람 중에 한 사람인지도 모릅니다.
하늘에서 보면 말이지요.

# 보이지 않는 아픔

"사랑하는 자에게 별은 아름다울지 모르지만 배고픈 자에게 별은 쌀로 보일 수도 있지 않겠나."

소설《은교》에 나왔던 대사입니다.
관점의 오해를 별을 예로 들어서 설명한
작가의 시선이 신선합니다.
보이는 게 다가 아닌 우리의 왜곡된 시선….
이뿐일까요?

멋진 풍광을 자랑하는 겨울 바다지만
그 아래에서 꽁꽁 언 몸으로 더딘 물질을 하는
늙은 해녀의 눈물을 우리는 잘 알지 못합니다.
매번 배알도 없이 껄껄 웃어서 저 사람은 속도 없나,
타박을 듣기도 하지만 돌아서선

내가 이렇게까지 꼭 해야만 하나,
매번 울컥하는 심정이 되는 대한민국 모든 '을'의
참담한 심경을 우리는 잘 알지 못합니다.
보이는 시선으로만 볼 뿐이지요.

닫혀 있는 시선을 조금만 열어 보세요.
미처 보지 못하고 지나쳤던 다른 사람들의 아픔이
오롯이 보일 겁니다.

어쩌면 산다는 것은,
그렇게 화해와 연민의 마음으로
서로를 보듬어가는 과정이 아닐까요.

저는, 괜찮습니다만
저는, 이만하면 됐습니다만
저는, 신경 쓰지 않아도 됩니다만

이 말 뒤에 생략된 그 사람 심경까지 읽을 줄 안다면,
당신은 썩 괜찮은 사람입니다.

보이는 것보다는
보이지 않는 것들에 더 관심 가져야 할 이유가
여기에 있습니다.

# 사랑, 그놈 참

연인들에게 사랑을 하면서 가장 행복했던 때가
언제였는지 물어보았더니,
이 사람이 과연 나를 좋아하는지 아닌지
진심을 몰라 가슴 두근거리다가
서로의 사랑을 막 확인하는 순간이라고 답했답니다.

동감입니다.
나도 그랬으니까요.

나를 향한 그의 시선이
예사롭지 않다고 느끼면서도
혹시 나만의 착각이 아닐까
머뭇거리기도 하고,
그도 나를 좋아하고 있는 게 분명한데

왜 먼저 고백해주지 않는 걸까
눈치를 살피기도 하고,
그렇다고 내가 먼저 고백하기에는
어쩐지 자존심이 상해서
끝없이 그의 사랑을 저울질해보기도 했지요.

애타는 탐색의 시간이 지나고
마침내 사랑을 확인하는 순간,
경계심 따위는 깨끗이 사라지고
깊고 격렬한 사랑이 시작됩니다.

한번쯤 경험했을 그 어여쁜 사랑의 장면.
기억하고 있나요?

사랑이 전부였던 시절이 있었습니다.
그 사람을 하루라도 못 보면 죽을 것만 같았던 그때.
나의 오감은 오직 그 사람만을 향해 있었지요.
아침에 눈을 뜰 때나 거리를 거닐 때,
심지어 눈 감고 자고 있는 순간조차 그의 생각에서

단 한 번도 자유로웠던 적이 없었지요.
가슴이 터질 듯
그가 보고 싶어도
내가 먼저 전화하면 매력 없는 여자로 보일까봐
참기는 또 얼마나 참았는지
그러다가 벨소리만 울려도 혹시 그가 아닐까,
전화통 옆에 붙어 앉아 가슴 태우던 날은 또 얼만가요.
그랬던 내 모습을 그는 여전히 예쁘게 기억하고 있을까요?
수많은 사랑의 경험담들도 결국 시작에 관해서지요.

역시 사랑이 가장 사랑다울 때는
설렘 가득한 시작의 순간이 아닐까요?
서로에게 너무 익숙해진 존재이기보다
서로의 마음을 미처 다 점령하지 못해서
알듯 모를 듯 애매함이 남아 있는 그때가
사랑의 가장 황홀한 순간이라고 사람들은 말합니다.

서로를 너무 잘 알아
더 이상 궁금할 게 없는 사랑.

너무 익숙하고 편해서
그 어떤 긴장감도 남아 있지 않은 사랑.
모든 오래된 연인이 가장 두려워하는
사랑의 모습이라지요.
그래서 사랑은 어렵습니다.

서로가 지나치게 친밀해져도
지겨움이라는 감정이 똬리를 틀고 올라옵니다.
처음 사랑을 시작할 때 느꼈던
신비로움, 상큼함, 설렘은 당연 없습니다.

그렇다고 그게 두려워 머뭇거리기만 한다면
인내심 적은 상대방은 이미 떠나버린 뒤지요.
사랑을 사랑답게 하기란 참 어렵습니다.

사랑 그놈 참….

## 돌아보면 넌 항상 그리움

사람들이 첫사랑을 잘 잊지 못하는 이유는
끝내 미완의 사랑으로 끝났기 때문입니다.
심리학에서는 미완성 과제에 대한 기억이
완성된 과제에 대한 기억보다 오래 남는다고 해서
'자이가르닉 효과'라고 합니다.
일명 '미완성 효과'라고도 하는데,
열중하던 것을 중도에 그만두면 미련이 남아
기억 속에서 쉽게 지워지지 않는 현상을 뜻합니다.
알고 보면 첫사랑도
자이가르닉 효과에 기인한 것이라고 합니다.

첫사랑이 아름다운 이유는
누군가의 가슴에 꽁꽁 숨어 있다가
영원히 밀봉된 채 사라지는

그 본질적인 비극성 때문이겠지요.

돌아보면
미련이 남아 한숨만 가득한 사랑.
생각하면 그리움이 목젖까지 타올라와
결국 눈물로 뚝 떨어지는 사랑.
첫사랑은 그런 거니까.

어쩌면 당신이 첫사랑을 그리워하듯
당신도 지금 누군가의 기억 속에
죽어도 잊지 못할 첫사랑으로
남아 있을지도 모를 일입니다.
우리 모두는 누군가의 첫사랑이었으니까.

이루어지지 않은 첫사랑은
그리움이라는 이름으로 또 오늘을 삽니다.

# 아픈 기억도 때로 버팀목

젊은 날, 무척이나 사랑했던 연인을 병으로 잃고
평생 독신을 고수하며 사는 분이 있습니다.
어느 날, 물었지요.
"이제, 떠난 사람 기억일랑 그만 잊고
새로운 사람을 다시 만나 보는 건 어떨까요?"
그러자 그녀의 대답이 너무 단호해서
물은 내가 당황할 정도였지요.
"평생 단 한 번 누군가를 뜨겁게 사랑해본
그 기억 때문에 살고 있는 사람도
얼마나 많은데요…."

매번 잊어야지 하면서도
차마 털어내지 못한 채
평생 달고 살아가는 아픈 기억이 있습니다.

내가 사랑했던 사람이지요.

전력을 다해 사랑한 기억은
죽을 때까지 '희미한 옛사랑의 그림자'로
곁에 머뭅니다.

놓쳐버린 깊은 사랑,
그건 덜어낼 수 없는
마음의 큰 생채기입니다.
하지만 그 생채기가 누군가에게는
평생을 지탱해주는
존재의 이유일 수도 있다는 걸
나는 왜 몰랐을까요.

## 너와 나 사이에 바람이 불도록

"좋은 관계란 말을 많이 하는 사이가 아닌
침묵이 불편하지 않은 관계"라는 글을 본 적이 있습니다.
동감합니다. 때로는 눈빛만으로 통하는 사람도 있으니까요.
별다른 칭찬의 말 없어도 그저 옆에만 있어줘도
힘이 되는 사람 말이에요.

우리는 누군가와 친해지려고 할 때
더 많이 대화하려고 합니다.
상대에 대해 한 가지라도 더 알려고 애쓰지요.
그래야 친밀해진다고 생각합니다.
하지만 그것은 착각입니다.

모든 것에 여백이 필요하듯 인간관계에도
말의 공백이 필요합니다.

애매한 말줄임표가 아닌
그의 말에 쓸데없이 토를 달지 않는 것.
상대방이 한 말에 그저 고개만 끄덕이는 것만으로도
진심은 충분히 전달됩니다.
그런 말 없는 리액션들이
백 마디 말보다 더 큰 효력을 가지고요.

너무 많은 말의 소비는 서로를 지치게 합니다.
육성이 소거된 카톡에서조차 무차별로 난무하는 말로 인해
걱정을 사서 하는 일이 많지 않나요.

서로 말은 안 해도
그 마음을 능히 짐작하고도 알 수 있는 사람.
말의 공백이 전혀 불편하지 않는 사람.
그런 사이가 진짜 좋은 관계입니다.

# 당신의 선택을 믿어요

영화 〈매디슨 카운티의 다리〉를 보면
짧은 시간 폭풍 같은 사랑을 한 메릴 스트립이
교차로에서 클린트 이스트우드를
따라갈지 말지 갈등하며
금방이라도 자동차 문을 박차고 뛰어나갈 태세로
앉아 있는 장면이 나옵니다.

눈물을 머금고 벌겋게 충혈된 눈으로
자동차 문을 열까 말까 갈등하던
그녀의 절박한 모습을 잊을 수가 없습니다.
결국 그녀는
운명적인 사랑을 포기하고 가족을 선택함으로써
열병과도 같았던 사랑에 종지부를 찍지요.

가끔은 이런 상상도 해봅니다.
만약에 그때 그녀가 클린트 이스트우드를 따라갔더라면
그녀의 인생은 어떻게 바뀌었을까.
아마도 그랬다면, 그녀는,
사랑을 쟁취한 대신 가족을 버렸다는 죄책감으로
평생 괴로워하며 지냈겠지요.
그런데도 그녀의 상식적인 선택에
무조건 잘했다고 박수쳐줄 수 없는 이 마음은
도대체 뭘까요….

살다보면 선택의 딜레마에 빠지는 일 부지기수입니다.
인생의 혹처럼 따라붙는
가지 않은 길에 대한 미련은 또 어떻고요.
내가 선택한 이 길이 과연 옳은 길인지….
만약 다른 길을 선택했더라면 어떻게 되었을까
의문이 꼬리를 뭅니다.

어느 대학, 혹은 어떤 직장에 갈 것인가
일생일대의 선택을 두고 갈등하기도 하고

심지어 인생 중대사인 결혼식을 앞두고도
이게 과연 옳은 선택인지 아닌지를 몰라
고민하는 사람들도 꽤 있다는군요.

우리 인생은 이렇듯 수많은 선택의 연속입니다.
분명한 건, 어떤 결정을 하든
그 책임은 오롯이 자신의 몫이라는 것입니다.
처음부터 너무 완벽한 선택을 기대하지는 마세요.
최선이라 생각한 선택이
최악의 결과로 돌아올 수도 있습니다.
곳곳에 지뢰를 숨겨놓는 것이 바로 인생이니까요.
중요한 건 내 선택에
후회하지 않고 최선을 다하는 겁니다.
잦은 후회는 더 잘 살고자 하는 의지를
무력하게 만들 뿐.

오늘도 수많은 선택지를 앞에 두고
갈등하고 있을 모든 분에게
격려의 박수를 보냅니다.

탁월한 선택이라 자신하기는 어려울지라도
남아 있는 선택에 후회가 없기를.

## 내 속엔 내가 너무도 많아

내 속엔 내가 너무도 많아
당신의 쉴 곳 없네
내 속엔 헛된 바람이 있어
당신의 편할 곳 없네
- 시인과 촌장, 〈가시나무〉에서

살면서 누구나 자신의 정체성에 대해 고민합니다.
나는 누구일까….
내가 원하는 진짜 나는 어떤 사람일까….
존재에 대한 궁금증이 내 안에서
끊임없이 질문합니다.
그렇게 내 안에서
맞불 붙고 있는 또 다른 나를 만날 때면
존재 자체에 회의가 들기도 합니다.

하지만 그럴지라도
우리는 내 안의 또 다른 나와 마주하는 것을
게을리해서는 안 됩니다.
하루에도 수십 번씩 변하는 낯선 나를 수시로 다독이며
친해질 줄도 알아야 합니다.
그 또한 내칠 수 없는 조각 진 나이기에.

이래볼까 저래볼까. 이 일을 계속 해? 말아?
이 사람과 헤어질까? 말까?
머리로는 그 사람을 잊어야 한다고 수없이 되뇌지만
돌아서면 그 사람을 향해 한발 걸쳐 있는 나를 발견합니다.

지금은 비록 여러 개의 내가 내 안에 혼재하고 있지만
그 방황이 멈출 때쯤이면
당신은 좀 더 성숙된 어른이 되어 있겠지요.

모든 공연의 클라이맥스는
피날레에 있다는 것을 모르는 사람 없습니다.
당신이 그 주인공이 될 날도

이제 머지않았습니다.
지금도 내면의 낯선 자신과 싸우고 있을 당신을 생각하면
짧은 팔이라도 뻗어 안아주고 싶은 심정입니다.

오늘도, 이래볼까 저래볼까
휘청거리는 당신을 응원합니다.
당신의 방황은 언제나 옳습니다.

# 죽음보다 더한 감동

언젠가 〈꽃보다 청춘〉에 출연한 세 가수가 운무가 걷히면서 드러나는 마추픽추를 보며 동시에 눈물 흘리던 장면이 생각납니다. 형용할 수 없는 자연의 위대함을 바라보며 쓰나미처럼 밀려오는 감동을 어찌할 수 없었던 것이지요.

거대한 자연이 전해준 감동 앞에서 그 순간 누가 먼저랄 것도 없이 평소에는 쑥스러워서 말하지 못했던 것들을 털어놓습니다. 그 정겨웠던 고백의 인솔자는 다름 아닌 자연이었던 것입니다.

흔히 극단의 아름다움은 극단의 슬픔과 통한다고 합니다.

평소 세계여행을 즐기는 지인이 있는데요. 그는 어느 날, 여행을 하다가 압도하는 풍경과 마주친 적이 있답니다. 그 순간 너무 감동하여 여기서 죽어도 여한이 없겠다는 생각이 들었다네요.

살면서 이런 극치의 감동을 느끼게 되는 순간이 과연 몇 번이나 될까요. 설사 그런 풍경을 만난다고 하더라도 누구나 다 이런 무아지경을 경험하는 것은 아닐 테지요.

때때로 아름다움이 주는 감동이란, 죽음을 뛰어넘을 만큼 숭고한 그 무엇임에 틀림없습니다.
죽음도 두렵지 않은, 죽음도 불사하는 감동의 아름다움을 보면 왠지 경외감이 들기도 하고요.

어쩌면 우리에게 감동이 있다는 건 신이 준 가장 큰 선물일지도 모릅니다.
반면 무슨 말을 해도 시큰둥하며 감흥을 못 느끼는 사람도 있어요. 상대방은 전력을 다해 웃기려 애쓰는데 정작 듣고 있는 사람이 어떤 반응도 하지 않을 때 무안하기 짝이 없습니다. 썰렁도 그런 썰렁이 없지요.
개그맨들은 코미디 공연을 하면서 이 시점에서 분명히 웃음이 터져 나와야 하는데 아무도 웃지 않을 때 가장 당황스럽다고 합니다.

행복도, 감동도, 자가생산해야 합니다.
한번 느낀 감동도 자꾸 자가복제해서 가슴에 차곡차곡 쟁여놓아야 합니다. 그래야 감동이 증폭되는 법입니다.
감정도 연습할 줄 알아야 합니다. 감동도 느낄 줄 아는 사람에게만 익숙히 찾아옵니다.

오늘부터 열 일 제쳐두고서라도 감동 느끼기에 한번 전력을 다해보세요.
사는 게 재미없다고 자꾸 푸념하면 우리 인생은 정말로 시시해집니다.

숨도 못 쉴 만큼 목을 조여 오는 무더위도 시들어가는 나락에게는 고마운 감동이듯 작정하고 들여다보면 이 세상에 감동 아닌 것은 하나도 없습니다.

감동은 오늘 우리를 살게 하는 힘입니다.

당신이 있어서 참 다행입니다.

우리가 일상적으로 맞이하는 새벽 한 켠에는
눈물로 맞이하는 누군가의 절박한 새벽도
있다는 것을
우리는 잊으면 안 됩니다.

산다는 건
절대 지면 안 되는 것
그에게도 그녀에게도
살아가야 할 이유는 분명 있을 겁니다.

# 할머니의 이유 있는 변명

어느 일요일 저녁, 동네 근처의 골목길을 지나가는데 예전의 풀빵 할머니가 떨이 빵을 사가라며 또 손짓하는 거였다. 그 뒤에도 한두 번 더 갔는데, 할머니는 전혀 기억하지 못하는 듯했다. 가서 보니 전과 같이 팔고 남은 풀빵 몇 개가 눅눅해진 채 누워 있었다.

"할머니! 오늘도 이것만 팔면 바로 퇴근하시는 거죠?" 하고 웃으며 먼저 물어보았다. 순간 할머니는 내 얼굴을 빤히 보더니 갑자기 "옴마야" 하며 두 손으로 당신 얼굴을 감싸는 게 아닌가.

"왜요? 할머니?"

"그… 그게… 아이라 내사 마 미안해서 그라지예. 우짜꼬! 그때 그 사모님인 줄도 모르고 내가 또 사라 캤네예. 미안합니더! 아이고, 우짜꼬 우짜꼬!"

할머니는 지난번 천 원이라고 했다가 이천 원을 받은 말 바꿈 거래를 정확히 기억하고 있었던 거다.

"아이~ 괘안아요. 할머니. 그런데 오늘도 제가 이거 다 사면 할머니 집에 가시는 거죠?"

그러자 할머니는 한사코 손사래를 치며 풀빵 봉지를 잡으려는 내 손을 막았다.

"아이고! 오데예! 오데예! 오늘은 기냥 가이소 마! 내사 마 안 사주도 됩니더! 내도 마 염치가 있지…"

할머니는 미안했던 거다. 생각해서 떨이해주려는 내게 바가지 씌운 것을. 하도 완강히 막으시니 하는 수 없이 한 봉지만 사며 말했다.

"할머니, 이제 곧 추워질 테니 일찍일찍 들어가세요. 일요일은 좀 쉬시고요."

"아이고, 그러잖아도 우리 자슥들이 제발 좀 쉬라 카는데 내가 운동 삼아 나온다 아입니꺼. 우리 자슥들은 내보고 저거들이 먹여 살린다꼬 자꾸 나가지 마라카는데 내가 심심해서 나온다 아입니꺼."

할머니는 그 와중에도 내가 묻지도 않은 자식들 변명하시느라 여념이 없었다.

노쇠한 노모를 노점에서 장사하게 만든 자식들을 내가 행여 흉볼까봐 미리 입막음하는 것이었다.
그 모성의 방어벽이 공허한 메아리처럼 느껴져서 순간 슬펐다.
"예, 할머니. 그럼 다음에 또 올게요."
"아이고 예! 예! 우짜든지 내가 미안심더, 미안심더!"
할머니는 돌아서는 내 등을 향해 인사를 하고 또 했다. 연신 미안하다는 말과 함께. 할머니는 뭐가 그리도 미안했던 걸까. 지은 죄도 없이.

집에 와서 손을 씻으려는데 아까 잡았던 할머니의 까칠했던 손의 감촉이 새삼 내 가슴에 아프게 와 닿았다.
그 손 위에 천 원이라고 했다가 이천 원을 받은 할머니의 미안함도 함께 묻어 있을 것이다.

일요일도 쉬지 않고 나오는 할머니가 건강을 해칠까봐 벌써부터 염려가 된다.
삼천 원 더 받은 일로 그리 미안해할 만큼 할머니 삶의 무게란 그토록 처연한 것인가.
당분간 나는 그 골목 앞을 못 지나갈 것 같다. 올 겨울도 그토록 추울 거라 상상하면.

## 나랑 가면 안 되겠니

불자는 아니지만 지인을 따라 가끔 절에 갈 때가 있습니다.
도시 위 산동네에 위치한 그곳은 절이라기보다는 조그만 암자 같은 곳이지요. 그곳엔 단아하고 아름다운 비구니 스님 한 분이 살고 계십니다.
갈 때마다 어찌나 맛깔스런 공양을 대접해주시는지 어떨 땐 공양 밥이 그리워서라도 일부러 찾게 되는 곳이지요.

얼마 전, 초파일이 가까웠으니 등을 달러 가자는 지인과 함께 다녀왔습니다. 식당 밥과는 비교도 안 되는 맛있는 공양을 먹고 후식으로 과일까지 먹고 나니 세상 부러울 게 없더군요.
스님은 식사를 하시면서 머잖아 이곳도 곧 재개발에 들어간다며 내내 걱정하는 눈치였습니다. 지난겨울에는 너무 추워서 잠시 다른 곳으로 피신해 있었다고도 하였지요.

그사이 저는 난방 걱정 없는 따뜻한 방에서 추운 겨울을 잘도 보냈더군요. 생존의 모습은 이렇듯 차별적이고 제각각이지요.

지난겨울 제가 이곳을 처음 찾았을 때 마침 스님의 어머니가 잠시 다니러 오셨던 걸 기억합니다. 스님의 인생사 그 깊은 내막까지야 알 수 없지만 어쩐지 노모의 표정이 썩 밝아 보이지 않아 무슨 일인지 궁금하였지요.
후에 들으니 그때 노모는 패널로 대충 지어진 스님의 절을 걱정하며 집으로 돌아갈 것을 설득하고 있던 중이었다고 합니다.
"네가 여기서 이렇게 꼭 살아야 하겠니…" 라면서요.
그 말을 들으니 가슴이 먹먹했습니다.
딸의 고생을 차마 눈뜨고 볼 수 없는 어미의 심정을 자식 둔 이가 모를 리 없지요.
그랬던 어머니는 새벽녘에 스님이 깰까봐 홀로 역으로 나가려다가 들켰다지요.
그 어머니를 배웅하고 집으로 돌아오는 스님의 심경은 또 어땠을까 생각하면 가슴 한쪽이 뻐근해옵니다.

모르긴 몰라도 집으로 향하는 기차 안은 노모가 흘리는
눈물로 습기 가득했을 테지요.

따뜻한 집에서 한겨울을 날 수 있었던 우리의 지난겨울은
참으로 안온하고 평화로웠습니다.

누구의 인생에도 개입할 수 없고,
함부로 개입해서도 안 된다지만
지나치다 불현듯 듣는 누군가의 아픈 삶은
나의 명치끝을 오래도록 저리게 합니다.

그러고 보면 우리는 참 많은 걸 갖고 사는 사람들입니다.

## 밀어내고 밀어내도

아이를 낳고 집으로 오던 날,
베란다에 널린 손바닥만 한 옷을 보며
아, 이제 나도 엄마가 되었구나!
가슴 벅차하던 순간이 떠오릅니다.

그 아이가 자라면서 예쁜 짓을 하고
눈에 넣어도 아프지 않을 귀염을 떨 때는
세상에서 가장 축복받은 엄마가 아닐까 생각했지요.
또 서투른 말문을 막 트기 시작했을 때는
인생에 다시없을 신기한 체험을 한 것처럼
호들갑을 떨며 기뻐했습니다.
아이의 당연한 성장 앞에서 바보가 되는
세상 모든 부모들과 마찬가지로요.
어릴 때는 예쁜 짓도 자주하고, 공부까지 잘해

엄마를 그리도 행복하게 해주던 딸아이가
요즘 사춘기라 그런지 문득문득 나를 슬프게 합니다.
내 딸만큼은 질풍노도의 그 시기를
용케 비켜가리라 생각했는데,
아니 그러길 바랐는데
그건 순전히 착각이었나 봅니다.
딸아이의 인성을 잘 아는 지인들은
이처럼 착하고 모범적인 아이를 두고 힘들다고 하면
엄마 자격이 없는 거라며 아픈 충고를 해주지만
착하기만 한 내 딸도 여느 아이들처럼
성장통을 겪고 엄마에게 반항할 수 있다는 걸,
그런 순간이 올 수 있다는 걸.
왜 단 한 번도 상상해보지 않았을까요.

그런 딸아이의 변화가 낯설기만 한 못난 엄마는
전에 없이 날을 잔뜩 세우고 내뱉는 딸아이의 말 한마디에
매번 마음의 상처를 입습니다.
세상에서 가장 강한 사람이 엄마라는데
별일 아닌 일에도 잦게 서운함을 타니

썩 바람직한 엄마는 아닌 것 같습니다.
최근에는 또 뭐가 그리 마음에 들지 않는지
서슴없이 "엄마랑 얘기하기 싫어!"란 말도 하네요.
악의 없이 내뱉는 순간적인 말이란 걸 잘 알면서도
누군가에게 이렇듯 확고하고 단호하게
"싫다"는 말을 들어본 적 없기에
당혹감을 어찌해야 할지 모르겠습니다.

딸아이의 모든 게 궁금하고
언제나 친구 같은 존재로 곁에 있고 싶은데
딸아이는 그렇지 않나 봅니다.
시도 때도 없이 뽀뽀를 해대며
무한 애정을 퍼붓는 엄마가
부담스럽고 영 마음에 안 드는 눈치입니다.

딸아이는 이런 마음도 모른 채
친구와 문자를 주고받느라 정신이 없습니다.
보아 하니 엄마가 얼른 나가주었으면 하는 것 같습니다.
옆에 있어봤자 투명인간 취급당할 게 뻔해

슬그머니 딸아이 방을 나오고 말았지요.

어쩌면 딸아이에게 나는…
한여름의 질척대는 더위보다도
짜증나고 성가신 존재는 아닐까.
서운해서 괜히 말도 안 되는 자학도 해봅니다.
다른 엄마들은 사춘기 자녀의 투정 앞에
끄떡도 않는다는데,
왜 나는 아이의 아무것도 아닌 행동에
허구한 날 상처받고 울적해하는
못난 엄마인지 모르겠어요.

짝사랑도 이런 짝사랑이 또 있을까요.
차라리 이성을 향한 짝사랑이라면
끝끝내 마음을 얻지 못하면
어느 순간 그 마음을 내려놓고 포기하면 그만인데
자식은 아무리 미워하려 해도 도무지 미워지지 않으니
이를 어쩐다지요.
언제쯤 이 일방적이고 바보 같은 사랑이

멈출 날이 올까요.
이 눈먼 사랑이….

언젠가는 딸아이도
눈에 넣어도 아프지 않을 자식을 낳겠지요.
그때쯤이면 엄마의 이 쓸쓸함을 이해하게 될까요?
엄마가 얼마나 저를 혹독하게 짝사랑했는지
느낄 수 있을까요?

# 조금만 더 내 곁에

사춘기 딸의 성장을 당혹감으로 지켜보면서
매번 같은 무게로 어깨를 짓누르는
회한이 하나 있습니다.

'아, 우리 엄마도 내가 저랬을 때
참 쓸쓸하셨겠구나…'
그 생각을 할 때마다 가슴이 쓰라립니다.
이래서 자식을 낳아봐야
엄마의 마음을 이해할 수 있다고 하나 봅니다.
깨달음은 이렇게
통렬한 후회 뒤에 옵니다.

세월의 반추는 꼭 아름다움으로만 기억되지 않습니다.
후회와 죄책감…

번민과 회한도 동시에 갖게 하지요.

모든 깨침은
뼈저린 아픔과 반성 뒤에 찾아온다고는 하나
더 일찍 철이 들었더라면 얼마나 좋았을까,
아쉬움은 늘 남습니다.

기억을 더듬어보니 나 역시 자라면서
엄마 기분은 생각하지도 않고 더러는 차갑게 말해서
엄마 마음을 아프게 한 적이 있습니다.
안 좋은 일만 생기면 애먼 엄마에게
화풀이하며 짜증낸 적도 있어요.
지금 딸애가 꼭 내게 하듯 말이지요.

엄마는 이렇게 말했지요.
"그래, 너도 이다음에 꼭 너 닮은 딸 낳아 한번 키워봐라."
사춘기 딸아이의 짜증을 볼 때마다 오버랩 되는
예전의 내 모습을 보며
그때 엄마의 예언이 가슴을 울립니다.

인생이란 게 이런 거라고 누군가 진작 알려주었더라면
어쩌면 훨씬 더 일찍 착하고 순한 딸이 되지 않았을까요.


고작 딸 하나 때문에 세상 시름
혼자 다 짊어진 것처럼 엄살떠는 나인데
엄마는 개성도 별난 자식들을 키워내느라
얼마나 고단했을까요.
그나마 자라서는 사람들에게 효녀라는 소리를 들었으니
그때 엄마에게 진 마음의 빚을 조금은 갚은 게 될까요?
그래도 엄마가 평생 베푼 사랑에 비하면
만분의 일도 안 되는 것이지만요.


남은 시간만이라도 좀 더 좋은 딸이 되고 싶은데
이젠 그럴 수도 없습니다.
지금 엄마는
20년이 넘는 투병생활의 끝자락에서
겨우 한 올의 생명을 붙들고 있습니다.
좋아하던 음식도 못 먹고
하루가 다르게 굳어가는 서글픈 육신을

잡지도 버리지도 못한 채
하루하루 사선에서
참… 힘들게도…
투쟁하고 계십니다.

# 애인도, 친구도 아닌 평생 길동무

아버지 산소에 갈 때마다
옆에 엄마 자리라 명해 놓은 공터를 보면
괜히 마음이 이상해집니다.
묏자리를 미리 잡아 놓는 것은
우리나라 매장 풍습 상 전혀 이상한 일이 아닌데
'언젠가는 우리 엄마도 저 자리에 묻히시겠지'
생각하면 목울대가 뜨거워져요.

주례사에 단골로 등장하는 '백년해로'라는 말이 있지요.
평생 함께 늙는다는 말인데,
그 뜻을 생각하면 조금 아득해집니다.
'해로동혈'이라는 말도 있습니다.
살아서는 같이 늙고
죽어서는 한 무덤에 묻힌다는 말입니다. 죽어서도 함께하

는 인연이 부부라니,
그 인연이 더욱 무겁고 깊게 느껴집니다.
남남으로 만나 꼭 닮은 자식을 낳고
평생 한 방향을 보고 살다가
죽어서도 나란히 함께 묻히는 운명.
이런 기막힌 인연으로 맺어진 세상의 부부는
서로에게 얼마나 최선을 다하며 살고 있을까요.
너무 편하고 익숙하다는 이유로
함부로 상처 주며 살고 있지는 않나요?

때로는 지겨울 정도로 낯익은 얼굴이지만
언제나 따뜻한 시선으로 나만 보고 있는
그 사람 얼굴을 가만히 들여다보세요.
그 사람의 숨소리, 곤히 잠든 모습…
가끔씩 찌푸리는 미간의 주름까지 말입니다.
그러면 예전에는 몰랐던 그 사람의 고단함과 외로움이
오롯이 느껴질 겁니다.
그 일상적 장면들을 앞으로 영원히 볼 수 없다고 상상하면
지금 곁에 있는 그 사람이 얼마나 소중한지

느낄 수 있을 것입니다.

서로를 너무 외롭게 내버려두지 마세요.
가끔은 잘했다고 등도 토닥여주고
빈말이라도 "당신 덕에 산다"고 아끼지 말고 표현하는 것.
그리 어려운 일은 아닙니다.
늘 곁에 있어 아무렇지 않은 사람이 아니라
죽어서도 곁에 머물 고마운 인연입니다.

이 세상에 와서
평생 나만 바라봐주고
나만 사랑해주는
오직 내 편인 그 한 사람을 만났다는 건
참 고마운 일 아닌가요.

어쩌면 부부란
지금 그 자리에 있어주는 것만으로도
존재 가치를 다하고 있는지도 모릅니다.

# 그런 친구면 충분합니다

"기억해요 레드. 희망은 좋은 거예요.
어쩌면 제일 좋은 것일지도 몰라요.
그리고 좋은 것은 절대 사라지지 않아요."

영화 〈쇼생크 탈출〉에서
앤디가 레드에게 보낸 편지 중 일부입니다.
40년을 감옥에서 복역하고 사회에 나왔지만
부적응과 무력감 탓에 삶을 포기하려 했던 레드.
그는 고민 끝에 자살까지 결심하지만
앤디의 편지를 발견하고 마음을 고쳐먹습니다.

뜨거운 햇살이 내리쬐는 코발트빛 바닷가에서
낡은 보트를 수리하고 있는 앤디를 발견한 레드.
그 순간, 만감이 교차하는 얼굴로 걸어와

감격적으로 해후하는 장면은 이 영화의 백미입니다.
지옥 같은 교도소 안에서 유일하게 서로 믿고 의지하던
두 사람이 그때 서로에게 건넨 눈빛만으로도,
그동안 친구를 얼마나 절절히 그리워했는지
느낄 수 있었습니다.

사랑도 좋습니다.
그러나 우정은 더 좋습니다.
내가 힘들 때나 슬플 때
그저 옆에만 있어줘도 든든한 친구.
열 사람이 나를 손가락질해도
내 결백을 믿어주는 단 한 사람의 친구.
그것 하나면 더 바랄 게 없는 게 인생 아닐까요.

내가 잘 나갈 때는 시도 때도 없이 달려와
얼굴 도장 찍기 바쁘던 사람들이
정작 내가 힘든 상황에 처해 도움 청하려 하면
한 사람도 보이지 않는 게 현실입니다.
그게 사람 인심입니다.

얼마 전 '당신의 진짜 친구는 몇 명인가요?' 라는
제목의 글이 있어 유심히 읽어 보았습니다.
영국 옥스퍼드대학교 교수 로빈 던바라는 분이 쓴 글인데요.
이런 내용이었습니다.
"친구는 많을수록 좋을 것 같지만 용량 제한이 있다.
인간에게 적정한 친구 숫자는 150명 정도다.
소셜 미디어 친구가 1,000명이 넘어도
정기적으로 연락하는 사람은 150명에 불과한데
그중에서도 친밀한 관계는 20명이 되지 않는다."
내실 없이 숫자만 많은 인맥은 그야말로
당신 삶의 들러리일 뿐입니다.
세상에는 쇼윈도 부부만 있는 게 아니라
쇼윈도 인맥도 얼마든지 존재하니까요.


미국 하버드대학교 연구진에서
75년간 700명의 사람을 추적 조사했더니
행복한 삶은 부와 명예에 있는 게 아니라
좋은 관계에 있다는 연구 결과가 있습니다.
즉, 가족 이웃 공동체와의 좋은 교류를 통해

삶의 질이 달라진다는 말입니다.
이때 인맥의 수가 중요한 게 아니고
단 한 명의 친구라도
진심 어린 마음으로 주고받는 친구가 있다면
그게 진정한 행복이라고요.

남에게 보여 주기 위한 친구가 아닌
진짜 친구를 만나세요.
거창하게 생각할 필요는 없습니다.
서로 잊지 않을 정도로 연락해주는 친구.
좋은 일 생겼을 때 함께 기뻐해주고
궂은 일 당했을 때 제일 먼저 달려와 토닥여주는 친구.
있는 그대로의 나를 인정해주는 친구.
나이 먹어가는 서로의 모습을
조금은 안쓰러운 눈으로 봐줄 수 있는 친구.

슬프고 고단한 저마다의 인생에
눈물 바람 할 일 많은 인생에
친구마저 없었다면 어쩔 뻔했나요.

# 지금 여기를 사는 행복

허울 좋은 명분 때문에 본질을 망각할 때가 있습니다.
"너의 미래를 위해"라는 말이 특히 그러하죠.
인간은 형이상학적 사고를 하는 지구상에 유일한 고등동물이라는데 어떻게 그 오랜 세월 녹음기 버튼 누르듯 이렇게 일관성 있는 대답을 반복할 수 있는지….

매일 아침 7시 40분까지 등교.
밤 10시까지 수년간을 공부하는 엄청난 인내력의 청소년들이 버티고 있는 무서운 민족. 그게 바로 외국인들이 바라보는 한국인이라고, 친구가 톡을 보내왔습니다.
미스터리하답니다.

누가 뭐래도 인생에 있어 가장 찬란한 시절, 그 아름다운 시간을 제대로 누리지도 쓰지도 못한 채 파김치가 되어 집에 돌아오는 딸아이를 보면 어느 드라마의 대사처럼 "이게 최선입니까?" 절로 묻고 싶어집니다.
지금 행복하지 않다면
미래의 행복이 무슨 의미가 있을까요.

교통사고로 아이를 잃은 한 어머니가 이런 말을 했답니다.
아이가 수업을 마치고 집으로 와서는 냉장고에서 우유를 꺼내 벌컥벌컥 마시던 그 일상이 얼마나 행복한 시간이었는지 몰랐다고…. 아이가 떠나고 난 후에야 비로소 깨달았다고요.

많은 사람이 미래의 행복을 위해서라는 거창한 명분 아래 지금 마땅히 누려야 할 행복을 생략한 채, 혹은 유보한 채 살아갑니다.
가끔 그들에게 묻고 싶습니다.
그래서 지금 행복하냐고.

오늘이 있어야 내일도 있습니다.
지금 행복하지 않다면

미래의 그 어떤 행복도 장담할 수 없습니다.
어쩌면 지금 우리는
언제가 될지도 모르는 미래의 불확실한 행복을 위해
진짜 소중한 것을 잃고 사는 게 아닐까요.

인생의 행복이란
지금 내 삶의 테두리 안에서
확인하고 음미하는 희열입니다.
현재의 소소한 행복을 무시하지 마세요.
우리에게 남은 시간은 생각보다 길지 않아요.

오늘, 손에 쥔 행복이라는 씨앗을
놓치지 말고 꼭 움켜쥐세요.

## 당신이란 존재 가치

정신과 의사 정혜신 박사는 비관적인 상황에 처한 암 환자의 투병 의지를 북돋는 가장 효과적인 방법은 환자 자신이 가치 있는 사람이라는 느낌을 스스로 갖는 것이라고 말했습니다. 즉, 아무것도 아닌 내가 누군가에게는 도움이 되는 존재라는 것을 스스로 실감하는 일입니다.

사업에 실패해서 몇 번의 자살 시도를 했지만 결국 살아난 분이 있습니다. 그러는 동안 가족은 떠나고, 재산도 탕진하고, 남은 것이라고는 몸뚱이 하나뿐이었죠.
삶의 의욕을 잃은 그는 TV에서 몇 번 본 적 있는 〈자연인〉 프로그램을 보고, 홀로 산에 들어가 살아야겠다고 결심했습니다. 그 무렵 지인이 식물을 한번 키워보라며 난을 선물하더랍니다. 손이 많이 가고 정성을 다해야 하는 난을 키우다 보면 어느새 신산한 마음도 다잡아질 거라고요. 그렇게 생명에 애착을 가지다 보면 살아 있는 모든 것에 감사하게 될 것이라고 했답니다.

처음에는 이 정신에 무슨 식물을 키우냐며 귀찮아하던 그였지만 결국 지인의 말대로 정성을 다해 난을 키우기 시작했습니다.
그런데 자신의 손길이 닿으면 닿을수록 자태를 달리하는 난을 보니 그렇게 신기할 수가 없더랍니다. 어느 날은 법정 스님의 말대로, 난에 물을 줄 때 "잘 커줘서 고맙다"는 대화도 따라해보았답니다. 가족에게도 차마 하지 못했던 오글거리는 애정 표현을 말이지요.

그러는 사이 그분은 비로소 자신의 존재감을 회복하기 시작했고 지금은 난 애호가가 되었답니다. 비록 미물이지만 자신이 쏟는 정성에 화답하듯 정직하게 성장해주는 난의 생명력에 큰 감동을 받은 것은 물론이고요.

자신이 쓸모없는 사람이라는 생각이 들어 지금 많이 괴로운가요?

아니에요, 절대 그렇지 않습니다.
당신이라는 존재는 이미 원석 그 자체로 빛나는 사람입니다.

존재하는 모든 것에는 명분이 있습니다. 꽃은 꽃대로, 구름은 구름대로, 공기는 공기대로, 저마다의 역할이 있을 것입니다.
당신이 으앙, 하고 힘찬 울음 짓으로 세상에 태어났을 때 부모님이 느꼈을 그 벅찬 감동과 경이로움을 한번이라도 느껴본 적이 있나요.
그때 부모님에게 당신은 이미 하늘이었을 겁니다.

오늘, 당신의 존재감을 확인하는 일에 최선을 다해보세요.
작정하고 살펴보면 당신의 도움을 필요로 하는 곳은 얼마든지 많습니다.
나는 당신이라는 존재 가치의 그 끝이 도대체 어디인지 꼭 한번 지켜보고 싶습니다.

당신은 하늘 맞습니다.

# 내가 누군지 알아?

"당신, 내가 누군지 알아?"

이 말은 우리나라에서만 유독 통용되는 권력형 화법입니다. 이 말속에는 상대가 자신보다 낮아 보일 때 사돈의 팔촌 권력까지 빌려와서라도 상대를 겁박하려는 비열함이 숨어 있습니다. 대단히 비겁하고 저열한 화법이지요. 사람이 오죽 못 났으면 자신보다 약한 사람을 상대로 잘난 척을 할까요.

얼마 전, 경비원 아저씨의 하소연을 들었습니다.
다른 건 다 참을 수 있는데, 툭하면 "내가 누군지 알아?"라는 말을 내뱉는 사람들 때문에 속상할 때가 한두 번이 아니라고요.
이런 자기 과시형 사람들은 교통 위반을 단속하는 경찰들에게도 예외 없다는군요.

"내가 누군지 알아?" 이 말은 떳떳하지 못한 사람이 잘못을 저질렀을 때, 다른 사람의 권력을 빌려서라도 면피하고자 할 때, 자주 쓰는 말입니다.
별로 내세울 것 없는 약자 앞에서 자신이 무슨 대단한 인물인 양 권력으로 내리찍는 거만함이란 차마 눈뜨고 봐줄 수 없는 한 편의 시트콤이랄까요.
그 말을 들은 대다수의 약자들은 속으로 이렇게 비웃습니다.
'인간아, 오죽 못 났으면… 그렇게 잘난 척하고 싶니?'

"내가 누군지 알아?"라는 말을 이제는 제발 멈춰주십시오.
우리는 당신이 지금 현재 무엇을 하는 사람이고 어떤 권좌에 앉아 얼마나 대단한 권력을 휘두르는 사람인지 하나도 궁금하지 않고 또 알고 싶지도 않습니다.
나도 내가 누군지를 몰라 하루에도 몇 번씩 헷갈릴 지경인데, 아무 상관도 없는 당신을 우리가 꼭 알아야 할 이유는 없습니다. 그러니 이제 그 허세를 그만 멈춰주십시오.

설사 당신이 지금 그 잘난 권력을 휘두르는 사람이라 한들
한철 파닥이고 말 전어 운명밖에 더 되겠습니까.
세상에 영원한 권력이 어디 있다고요.
남용도 어지간해야지요.

# 지랄 총량의 법칙

김두식 교수님의 《불편해도 괜찮아》에
이런 내용이 있습니다.

사회적으로 인정받는 위치에 있는 저자가 한창 사춘기인 딸아이에게 "나는 엄마 아빠처럼 찌질이로 살지 않겠다"는 말을 듣고 큰 충격을 받았답니다.
지인에게 상담했더니 "사람에게는 평생 쓰고 가야 할 지랄의 양이 있는데 개인 차이는 있지만 대부분 사춘기 때 그 지랄의 양을 다 쓴다. 지금 따님은 자신이 평생 소비해야 할 지랄을 지금 쓰고 있는 중이니 성인이 되었을 때 쓰는 것보다 지금 쓰는 게 차라리 낫다"며 위안했다고 합니다.
그것을 지랄 총량의 법칙이라고 한다지요.
듣고 보니 공감이 갔습니다.

어릴 때부터 순둥이고 모범생이였던 딸아이도 사춘기를 지나면서 생각지도 않게 나를 힘들게 한 적이 있습니다.
딸아이의 성격이 요즘 아이들 같지 않게 유약하고 여리다 보니 가끔 드센 아이들의 표적이 되곤 했는데, 그 스트레스를 만만한 엄마에게 풀려고 하니 그게 문제였습니다.
툭하면 짜증내고 툭하면 신경질 내는 딸아이의 변화에 미처 대응 매뉴얼을 갖추지 못한 나는 딸아이가 이유 없이 화를 낼 때마다 늘 당황이 되곤 했습니다. 지금이라면 딸아이의 그런 행동에 좀 더 유연하고 의연하게 대처했을 텐데 그때는 그러지 못했습니다.

단 한 번의 예습도 없이 어느 날 엄마라는 바다에 던져지고 보니 모든 것이 서투르기만 했습니다. 미성숙하고 불완전하기 짝이 없었죠. 질풍노도와도 같았던 그 시간이 지나자 딸아이는 언제 그랬냐는 듯 예전의 착한 딸로 다시 돌아왔습니다. 성장통 치고는 꽤 긴 시간이었죠.
앞의 이론에 대입해보자면, 딸아이는 자신이 써야 할 지랄의 총량을 사춘기 때 쓰느라 그랬던 것입니다.

고통 총량의 법칙이란 말도 있다고 합니다. 사람마다 일생 동안 감당해야 할 고통의 양이 정해져 있는데, 지금껏 고통스런 삶을 살았다면 이제 곧 행복한 삶이 다가올 거라는 희망을 가져보라고 합니다.

문득 궁금해집니다.
지금 나의 지랄 총량과 고통의 총량은
어디쯤 왔을까 하고요.

속된 말로 삶이 너무 지랄 같아서 힘이 드나요?
그럴 때면 일생 동안 써야 할 지랄과 고통을
지금 남김없이 소진하고 있는 거라고 위로 받으세요.

지랄이 풍년이면,
더 성숙한 내가 되려고 그러나 보다 생각하세요.

# 간절히 원하면 흐린 날도 푸름

한 가수가 SNS에 자신의 어린 시절 이야기를 올렸습니다. 미숙아로 태어난 그는 의사로부터, 살 확률이 거의 없으며 설사 산다고 해도 평생 뇌성마비로 살아가야 한다는 판정을 받았다고 합니다. 그런데도 그는 그 엄청난 장애를 극복하고 마침내 유명한 가수가 되었습니다. 모두 기적이라고 말했지요.

그런 시절이 있었음을 잊어버리고 때때로 너무 많이 불평하며 사는 자신을 발견한다며 건강하게 살아 있다는 사실에 감사하자고 다짐하는 글이었습니다.

무릇, 죽음의 문턱이나 인생 밑바닥까지 추락해본 적이 있는 사람들은 언제나 인생에 겸손해야 한다고 충고합니다. 지나간 고통의 시간들이 삶에 겸허해야 한다고 일깨워주기 때문입니다.

지금 당신의 현재가 더 내려갈 수도 없는
최악의 상황이라고 생각하나요?
지금 당신이 위태롭게 걸터앉아 있는 그 자리가
누군가에겐 너무나 애타게 닿아 보고 싶은
자리란 걸 진정 모르시나요.

어렵고 지치고 흔들려서 쓰러지고 싶을 때는
간절히 바라는 것을 떠올려 보세요.

간절함이 고통을 이겨낼 힘을 갖도록.

## 단 하나의 의미만으로

"많은 것을 잃었다고 생각했을 때,
가장 소중한 것들만 남아 있다는 것을 알았다."

오래전 가수 배다혜 님의 홈페이지에서 본 글입니다.

살면서 지독한 상실감을 느껴보지 못한 사람은 없을 겁니다. 풍요가 반드시 좋은 것은 아닙니다. 심리적인 포만은 결핍보다 못할 때도 많지요.
많이 가진 사람일수록 오히려 심리적 결핍감에 외로워하는 경우가 많습니다.
지금 많이 가졌다고 해서 자만할 것도 없고
많은 것을 잃었다고 해서 슬퍼할 일도 아닙니다.
천 개를 잃더라도
내게 존재 이유를 무시로 일깨워주는

단 하나의 의미가 남아 있다면
그것만으로 충분합니다.

평소 이사를 자주 했던 한 선배의 집을 방문한 적이 있습니다. 집 안에 들어갔더니 마치 모델하우스에 온 것처럼 너무 횅한 거예요. 이사 다닐 때마다 묵은 짐을 덜어내다 보니 결국 최소한의 살림만 남았다고 합니다.
이제 이 물건들이 여생을 함께할 마지막 세간이라고 생각하니 더없이 소중하게 느껴진다고요.

의미는 많이 갖는 데서 오지 않습니다.
진짜 원하는 한 가지에서 옵니다.

지금 당신에게는
그런 소중한 것들이
과연 몇 개나 남아 있나요?

# 봄날은 온다

몇 년 전, 유기견인 새끼 강아지 한 마리를 입양 보내기 위해 강원도 태백에 다녀왔습니다. 버스를 타고 두 번씩이나요.

품에 안겨 세상모르게 잠든 강아지를 보면서 '이제 이 아이가 행복할 일만 남았구나' 생각하니 어찌나 기쁘던지요. 몇 시간이나 되는 장거리 승차도 지겹다는 생각이 들지 않을 정도로요.

그때 누군가가 이런 말을 했습니다. 좋아서 하는 일이니 그 먼 길도 마다 않고 다녀왔지, 누가 일부러 시킨 일이었으면 갔겠냐고요. 순간 뜨끔했습니다.

마찬가지로 사랑에 빠지면 마법을 경험합니다.

아무리 피곤해도 그 사람만 생각하면 기운이 불끈 솟습니다. 그 사람이 부르면 천 리를 마다하지 않고 달려갑니다. 좋아하는 마음 앞에는 어떠한 물리적인 장애도 문제되지 않기 때문이지요.

멀쩡하게 잘 살다가도, 사는 게 지겹고 막막해서 주저앉고 싶을 때가 있습니다. 봄날의 벚꽃이 눈발처럼 휘날리다가 추켜올린 속눈썹 위로 무겁게 내려앉을 때, 동반 하강하는 청춘의 추락이 서럽디 서러워 눈물이 날 때도 있습니다.

그럴 때 처음 사랑에 빠졌던 순간을 한번 떠올려 보세요. 그 사람을 위해서라면, 그 사람과 함께라면, 어디에 있든, 무엇을 하든, 마냥 좋던 그 마법의 순간들을 말입니다.

세상사 모든 일은 마음먹기에 달렸습니다.
아침이면 어김없이 출근하는 직장이 어쩔 수 없이 가야 하는 생존의 전장이라고 생각하면 매 순간 지옥일 것이고, 박봉이지만 매일 출근할 수 있는 나만의 일터가 있다는 고마움을 가진다면 틀림없이 행복할 것입니다

봄이 아무리 아름답다 한들
여름이라는 계절 앞에서는 사라지고 말 절기입니다.
만개한 벚꽃이 아무리 어여쁘다 한들
지고 나면 한낱 발걸음에 차이는 시든 꽃잎일 뿐이지요.

변심한 애인과 변동을 일삼는 계절은
언제든지 나를 버리고 떠날 수 있지만,
살겠다는 의지만 있으면 삶은 절대로
우리를 함부로 내치지 않습니다.

우리 인생의 봄은
지금부터가 시작입니다.

마음속에 간직한 꼭 한 사람

모든 처음은 설렘이자 두려움입니다.
하지만 두려움을 자신감으로 바꾸는 건
우리의 노력입니다.

## 엄마의 눈썹

우리 엄마들은 왜 한결같이
자식에게 죄인인 양 살았을까요.
전생에 갚지 못한 빚이 있는 것도 아닌데
마치 '엄마라는 원죄'를 품고 태어난 것처럼.

우리 엄마 또한 그렇게 살았습니다.
막내인 나는 어릴 때부터 엄마를 유난히 좋아해서
어딜 가나 엄마 옆에 껌딱지처럼 붙어 다녔지요.
아버지가 출장이라도 가는 날이면
기다렸다는 듯이 베개를 들고 안방으로 가서는
엄마 등에 바싹 붙어 잠을 자던 기억이 있어요.

교사였던 엄마는
이른 아침 혹여나 옆에서 잠든 딸이 깰까봐

불도 켜지 않은 채 고양이 화장을 하고
살금살금 출근했습니다.

하루는 저녁식사 때 그러는 겁니다.
그날따라 깜빡 잊고
한 쪽 눈썹만 그린 채 출근하는 바람에
동료 교사와 학생들이 배꼽을 잡고 웃었다고.
당신도 함께 배꼽을 잡았다고.

그런데 나는 그게 하나도 우습지 않았습니다.
오히려 슬퍼서 화가 날 지경이었지요.
"엄마! 이제 제발 불 좀 켜고 화장해!
그까짓 자식 잠 좀 깨면 어떻다고!"
하지만 그 뒤에도 엄마의 고양이 화장은
한참이나 이어졌습니다.

어느덧 엄마는 팔순 넘은 노인이 되었습니다.
오늘 침대에 누워 있는 엄마의 얼굴을
습관처럼 쓰다듬다가 문득 엄마의 눈썹을 보았습니다.

두 개의 초승달처럼
양쪽으로 가지런히 누운 엄마의 눈썹은
참 예뻤습니다.
자식을 지독히도 사랑한
엄마라는 원죄의 역사를 오롯이 품고 있는
너무나 아름답고 가여운 눈썹이었지요.

누구는 추억을 사람으로 떠올린다 하고,
누구는 추억을 시간으로 떠올린다 하지요.
나에게 엄마의 추억이란
언제나 한쪽을 채 그리지 못한
외짝 눈썹의 슬픈 형상으로 떠오릅니다.

내일은
그동안 무성히 자란 엄마의 눈썹을
오랜만에 다듬어드려야겠습니다.

## 엄마 아직 살아주어 고마워

아이가 태어나는 걸 지켜보면서
곧 세상을 등질 노모를 떠올리면
말할 수 없는 비감함이 든다는
어떤 분의 글을 읽은 적이 있습니다.

사랑스러운 새 생명의 탄생 앞에서도
머잖아 떠날 연로한 부모를 생각하면
온전히 기뻐할 수만은 없는 자식의 고뇌가
절절이 느껴졌습니다.

세월이 흘러 나 또한 자식이자 엄마가 되고 보니
그때의 글이 다시 가슴속에 들어옵니다.
엄마의 투병생활이 막바지에 이르고 보니
요즘 사람들이 부쩍 내게 자주 하는 말이 있습니다.

"너를 위해서나, 엄마 본인을 위해서나
하루 빨리 이제 그만 가시는 게 나을 텐데…"
아, 그런 소리를 들을 때마다
서운한 마음이 드는 건 왜일까요?
물론, 엄마와 나의 안위를 걱정하는 마음이
더 크다는 것을 알면서도
아직 멀쩡하게 살아 있는 분을 두고
그 생명의 끝을 논한다는 자체가 어쩐지 죄스럽기만 합니다.

그런데 그 말을 혼자서 곰곰이 생각해볼 때가 있습니다.
희망도 완치도 더 이상 기대할 수 없는 상황 때문에
나도 모르는 내 마음 한편에서
엄마를 포기한 적은 없었을까요.
정말로 내가 가장 두려운 건요.
긴 병에 효자 없다고 엄마를 돌보는 일에 지쳐서,
이제 그만 엄마가 떠났으면 하는 마음이
나도 모르게 불쑥 생기지는 않을까 하는 겁니다.
순전히 엄마를 위한다는 명분으로 말이지요.
그 생각을 하면 왜 눈물이 나지요?

이런 생각을 하는 스스로에게 화도 나고요.

오늘도 엄마에게 다녀오면서 다짐합니다.
엄마가 세상을 떠나는 그날까지
내 고단함을 덜기 위해 혹시라도
내가 마음으로라도
엄마를 먼저 포기하는 일이
정녕 없기를.
행여나 그런 날이 올까봐 두렵고 두렵습니다.

만약 환생이란 게 정말 가능하다면
이다음에 나는
꼭 우리 엄마의 엄마로 태어나고 싶습니다.

그래서 예전에 엄마가 그러했던 것처럼
나도 내 딸로 태어난 엄마에게
받은 만큼의 사랑을 꼭 되돌려주고 싶습니다.

# 유행가가 그런 거죠

　내가 너를 처음 만났을 때
　너는 작은 소녀였고 머리엔 제비꽃
　너는 웃으며 내게 말했지
　아주 멀리 새처럼 멀리 날으고 싶어

　내가 다시 너를 만났을 땐
　너는 많이 야위었고 이마엔 땀방울
　너는 웃으며 내게 말했지
　아주 작은 일에도 눈물이 나와
　- 조동진의 〈제비꽃〉

가수 조동진의 노래를 우연히 들었습니다.
순간, 나도 모르게 목이 매여 하마터면 울 뻔했지요.
유행가란 참 그래요.

아무 생각 없이 멀쩡하게 잘 살다가도
그 옛날 자주 듣던 노래가 흘러나오면
그때 그 노래를 듣던 분위기와 감정들이
애잔하게 되살아나면서
왠지 감상에 빠져들게 됩니다.
모든 게 내 얘기처럼 귀에 쏙쏙 박히는
가사는 또 어떤가요.
그게 바로 유행가의 힘이지요.
가사마다 감정 이입되어
마치 슬픈 드라마의 주인공이 된 것처럼
지나간 내 사랑이 몹시 아플 때도 있습니다.
그럴 때는 언제나 계절이 훌륭한 핑곗거리가 되곤 하죠.
이유야 어찌되었든 우리가 유행가를 들을 때마다
가슴이 저미는 건
누군가를 사랑했던 기억 때문일 것입니다.

유행가는 기억하고 있을 테죠.
우리가 그때 흘렸던 눈물의 양과 그리움의 정체를.
누가 물어보지도 않았는데 이제는 다 잊었노라며

투박하게 손 흔드는 과장된 몸짓 속에는
어쩌면 잊으려야 잊을 수 없는 첫사랑의 가면이
아프게 숨어 있을지도 모릅니다.
사람들마다 평생 가슴에 묻고 가는 사람이
한 사람쯤 있다던데
내게도 있는지 기억을 더듬어 봅니다.
하지만 떠올릴수록 소각된 늙은 군인의 장화처럼
이제는 볼품없는 기억이 돼버린
옛사랑이 그저 서럽기만 합니다.

인생이…
사랑이…
그런 거죠.

오늘도 유행가는 누군가의 가슴을 눈물로 적시며
아픈 첫사랑 기억을 소환해내고 있습니다.
첫사랑의 기억쯤이야 벌써 다 잊었다 생각했는데
그게 아니었나 봅니다.
어쩌면 그동안 잊고 산 건 첫사랑의 기억이 아니라

잊어야만 한다는 우리의 '의지'였는지도 모릅니다.
그 어이없는 배반감 앞에서
오늘도 한숨 쉬는 우리는 영원한 사랑꾼일 수밖에 없고요.

사람들은 말합니다.
떠올리기만 해도 행복한
선택적 기억만 갖고 살 순 없을까 하고요.
또 누군가는 이런 말도 합니다.
아무리 첫사랑 추억일지라도 지금 무용한 기억이라면
기꺼이 용도폐기하고 싶다고.
하지만 그 모든 의지를
단번에 아무것도 아닌 걸로 만들어버리는
유행가의 위력은 정말 대단합니다.

어젯밤 늦게까지 이 노래를 감상하면서,
한때 작은 소녀였던 시절을 떠올리는 시간이
참 행복했습니다.
아주 작은 일에도 눈물이 나고
감성을 주체하지 못하던 그 옛날의 소녀는

여전히 사소한 일에도 눈물 흘리고
작은 일에도 감동 받는 아줌마가 되어버렸지만
그때 흘리던 눈물과 지금 흘리는 눈물이
똑같다고 말할 만큼 뻔뻔하진 않습니다.

이 밤 누군가는 또 사랑하는 사람과
예정에 없던 이별을 하며 가슴 아파하겠지요.
바라건대 그 이별이 조금만 아팠으면 좋겠습니다.
그가 나를 떠난 게 아니라
당신이 그를 놓아준 거라고 생각하세요.
그러면 속수무책의 이별도 충분히 견딜 만한 게 됩니다.
그나저나 조동진이 부르던 '겨울비'는
언제쯤이나 볼 수 있을까요.
괜히 헛기침하며 기다려 보는 오늘입니다.
유행가가 그런 거죠.

# 삶의 오작동

살아가면서 우리는 수많은 삶의 오작동을 경험합니다.
최선이라 생각해서 행동한 결과가 뜻밖의 결과를 낳으면 참담한 마음 가눌 길 없습니다.
어제까지 얼굴 맞대고 킥킥대던 사람이 오늘 갑자기 적이 되어 등을 보이는가 하면, 네가 한 말은 어떤 일이 있어도 비밀을 지켜줄게 했던 사람이 날이 새자 내 비밀을 가장 먼저 폭로한 사람이 되기도 합니다.
이 사람만은 내 사람이려니 했던 사람이 어느 날 등 뒤에서 비수를 꽂기도 합니다. 당혹스럽지요.

예외와 반전이 속출하는 세상에 우리가 함부로 예단할 수 있는 일이란 아무것도 없습니다.
인생이 그런 거지라며 대수롭지 않은 척 시선 돌리기에는 우리의 상처는 생각보다 깊고도 내밀합니다.

하지만 내일이면 또 언제 그런 일 있었냐는 듯 멀쩡한 얼굴로 아침을 맞는 게 우리의 익숙한 숙명이지요.

지인 한 분이 최근에 어처구니없는 일을 당하면서 삶의 의욕을 완전히 잃어버렸습니다.
위로 차 찾아뵈었더니 그분의 낙담이 생각보다 너무 커서 당황스러웠습니다.
"좀 있으면… 다 괜찮아질 거예요. 힘내세요" 하니 그분은 작심한 듯 한마디 했습니다.
"인생의 실패가 그리 쉽게 회복될 수만 있다면 얼마나 좋겠어요. 이제 저는 더는 희망이 없네요."
그렇게 말하는 그분의 음성에는 물기마저 베여 있었습니다.

인생에는 누구나 등에 짊어지고 가야 할 자기만의 짐이 있습니다. 때로는 그 짐이 버거워 내려놓고 싶을 때도 있지만 그것은 살아 있는 한 우리가 감당해야 할 몫입니다.
'나는 최선을 다했는데 내 삶은 왜 항상 여기까지일까.'
하루에도 몇 번씩 역류해 올라오는 울분이 누구에게나 있다는 걸 왜 모르겠습니까.

하지만 그것이 나만의 불행이라 생각한다면 오해입니다.

《불행 피하기 기술》의 저자인 롤프 도벨리는 좋은 삶에 이를 수 있는 절대적인 한 가지 원칙이란 있을 수 없으며 세상을 이해하려면 다양한 사고방식을 담은 연장 박스를 가지고 있어야 한다고 주장했습니다. 즉, 맥가이버 칼처럼 다양한 생각 도구가 있어야 좋은 삶을 살 수가 있다는 말이지요.
그러므로 우리는 불행 앞에서 맥가이버 칼을 자유자재로 활용할 줄도 아는 준비된 수리공으로 변신할 수도 있어야 합니다. 내 삶의 환부를 나만큼 잘 알고 있는 사람도 없을 것이므로.

계절을 견인해오는 지게차가 몹시도 힘겨워 보이는,
봄이라고 하기에는 아직도 애매한 오늘입니다.

이제 몇 날의 비바람이 더 치고 나면 우리 앞에는 어느새 따뜻한 봄날이 보란 듯 당도해 있겠지요.
오늘이 설레는 이유입니다.

# 슬픔이 익으면 그리움으로 맺힌다

세상에서 가장 슬픈 일은
사랑하는 사람과 지상에서 영원히 이별하는 일입니다.
목숨처럼 사랑한 사람이 어느 날
바람처럼 홀연 사라져 그 흔적을 찾을 수 없을 때,
만지고 싶어도 만질 수 없고 안고 싶어도 안을 수 없을 때….
그 부재가 주는 당혹감과 쓸쓸함은 상상을 초월합니다.

생시의 이별은 그래도 견딜 만합니다.
어차피 같은 하늘 아래에 존재한다고 생각하면
조금은 위안이 됩니다.
 하지만 죽음이란 이별은 영원한 단절입니다.
살아남은 자에게 이보다 더 혹독한 고통은 없습니다.
이제 그 사람을 영원히 볼 수도,
느낄 수도 없다는 사실이 얼마나 큰 슬픔인지

경험해본 사람은 압니다.

오랫동안 병마와 싸우던 엄마가
하늘나라로 떠났습니다.
그때가 언제일까…
머릿속으로는 수없이 상상해보았지만
막상 현실로 맞고 보니 그 슬픔을 이루 말할 수 없습니다.

시간이 갈수록
엄마의 부재를 받아들이기가 힘듭니다.
엄마는 당장 손을 뻗으면 꼭 그만큼의 거리에서
언제나 서 있을 것 같습니다.

동화작가 고 정채봉님은 〈엄마가 휴가를 나온다면〉에서
엄마에 대한 그리움을 이렇게 표현했습니다.

   하늘나라에 가 계시는
   엄마가
   하루 휴가를 얻어 오신다면

...

엄마!

하고 소리 내어 불러보고

숨겨 놓은 세상사 중

딱 한 가지 억울했던 그 일을 일러바치고

엉엉 울겠다

만약에,

우리 엄마도 하늘나라에서 휴가를 얻어 오신다면

엄마 무릎에 머리를 파묻고

목이 쉬도록 통곡이라도 하고 싶은 심정입니다.

가끔 엄마에게 묻고 싶어집니다.

엄마가 그토록 사랑하던 막내딸을

하늘나라에서 지금 보고 있느냐고.

그리고 당부합니다.

다시 만나는 그날까지

내 얼굴 잊지 말고 꼭 기억하고 있으라고.

그래서 이다음에 우리 꼭 다시 만나자고.

# 추억의 호미질

"유명하지만 조용히 살고 싶고,
조용히 살지만 잊히긴 싫다!"
가수 이효리가 한 말입니다.
대중의 관심을 피해 제주도에서 유배 아닌 유배의 삶을 자처해 살았지만 이러다가 어느 날 사람들에게 완전히 잊히는 건 아닐까, 불안했을 것입니다.
그러나 대중에게 잊히기는커녕 사람들은 여전히 그녀 특유의 털털한 눈웃음과 섹시한 실루엣을 기억하고 있습니다.

세상은 우리에게 잊혀짐에 초연하라고 말합니다.
또 누군가는 이런 말도 하지요.
사랑하는 이의 변심보다 더 무서운 건 그 사람 기억 속에서 흔적도 없이 잊히는 것이라고. 하지만 잊힌다는 건 나의 자발적인 행위가 아닌 상대방이 주체가 되는 일이므로 의지만으로 해결할 수 있는 일이 아닙니다.
설사 잊힌다고 한들 우리 힘으로는 막을 수 없는 일이고요.
그럼에도 한때 나를 사랑했던 누군가에게 절대로 잊히지
않는 그 무엇이 되고 싶은 이것은 무슨 마음일까요.

지인 한 분이 첫사랑과 우연히 만났습니다.
때때로 우리 삶이 드라마처럼 느껴지는 건
짐작도 못한 이런 비밀한 순간이
기다리고 있기 때문인지도 몰라요.

그런 상상, 해본 적 있을 겁니다.
길을 걷다가 우연이라도
첫사랑 그 사람과 마주치면 어떡하나.
어떤 표정으로 무슨 말부터 해야 하나.
그 상상이 현실이 되리라고 두 사람은 꿈엔들 상상했을까요.

"그동안 잘 지냈니?"
"남편은 어떤 사람이니?"
"아이는 몇이니?"

묻고픈 말이 입속에서 뱅뱅 맴돌았지만
당황한 두 사람은 그저 침묵할 뿐이었죠.
그 순간 서로의 뇌리에는
또 얼마나 많은 상념이 스쳐 지나갔을까요.
이럴 때를 대비해서라도 인생에 리허설이 있으면 좋으련만.
숨겨두었던 그리움이 목까지 차올라도 덤덤한 척,
아무렇지 않은 척 연기라도 할 수 있을 테니까요.

당황한 두 사람은 눈도 제대로 못 맞추고
인사 한마디 건네지 못하고
결국 그렇게 헤어지고 말았습니다.
인생의 많은 것들이 우리 의지와 상관없이 그렇게 흘러가는
것처럼….

그런데 이게 어찌된 일일까요.
도망치듯 차에 올라 올림픽대로를 달리는데
갑자기 이유를 알 수 없는 눈물이
하염없이 쏟아지더랍니다.
왜 그랬을까요.

그렇게 달려 집에 도착해서는
심란한 마음을 주체하지 못해
얼른 자리에 누웠다는데 쉽게 잠이 올 리 없었겠지요.

허무하게도
첫사랑 그녀와의 추억을 아무리 떠올려보아도
예전의 그 애틋했던 감정이 느껴지지가 않았습니다.
온통 뜬눈으로 밤을 지새우게 할 만큼
가슴 벅찬 존재였는데
애잔했던 그녀와의 추억은 그의 기억회로 어디에도
저장되어 있지 않더랍니다.
떠올리려 하면 할수록
왠지 낯선 그림과 마주하는 듯한 그 생경한 느낌.
그 순간,
'아, 내가 인생을 참 팍팍하게 살아왔구나' 하는
회한이 물밀 듯 밀려왔다는군요.

그날의 눈물은
삶의 분망함으로 꽉 차버린 자리에는

이제 반추할 추억조차 남아 있지 않더라는 허망함,
뒤돌아보니 가족을 위해 죽어라 희생하며 살아가는
고단한 가장의 모습만 있었던,
상실의 눈물이 아니었을까요.

인생의 많은 소중한 것들이
생존이란 명제에 떠밀려 잊혀져갈 때
우리는 잠시 무망해집니다.
'그게 인생인데 새삼 왜 그래?'라며
눈 동그랗게 뜨고 반문하는 누군가의 현실적인 표정이
낯설게 느껴질 때도 있지요.
삶이 바쁘다는 이유로,
일 하느라 시간이 없다는 이유로,
어쩌면 우리는 살아가면서 끝끝내 놓지 말아야 할
소중한 그 무엇을 놓치고 사는 건 아닐까요.

한때 가슴을 온통 꽃밭으로 물들게 했던 첫사랑의 기억이
흔적조차 사라진 건 아닌지
추억의 호미질도 가끔은 해보아야 해요.

살다보면 은밀히 내 맘 속에 저장해두고 싶은
아름다운 기억 하나쯤 있지요?
문득 떠올리면 언제나 힘이 되는 추억.
삶이 무망하게 느껴질 때 꺼내 보면
위안을 주는 따뜻한 추억.

한 자락 한 자락 서리서리 넣어두었다가
눈물 나는 날에 꺼내 먹읍시다.
그 기억들을 하나도 놓치지 말고
꼭 붙들면서요.

가뜩이나 세상 살기가 힘들어 눈물 날 지경인데
그런 추억 하나라도 없다면 너무 슬프잖아요.

# 당신과 결혼하지 않겠다

한 중년 부부가 TV에 나와 기타를 치며 노래를 부릅니다.
그 모습이 정말 아름다워 한참 넋을 잃고 보았지요.

노래가 끝나자 MC가 아내에게 이렇게 묻습니다.
"만약에 다시 태어나면 남편 분과 또 결혼을 하겠어요?"
부부 인터뷰 때면 으레 나오는 질문이라
"네, 그럼요!" 하는 당연한 응답을 기대했는데
아내의 입에서는
"아니요"라는 뜻밖의 대답이 나왔습니다.
당황한 MC가 의문을 품고 재차 물으니
아내는 엷은 미소로 이렇게 대답합니다.
"저는 그러고 싶은데 남편은 그러고 싶지 않다고 하네요.
지금도 나를 고생만 시켜 가슴이 아픈데 다음 생에
또 자기랑 결혼하면 똑같은 짐을 지게 할까 봐….

저를 너무 사랑하기 때문에
다시는 저하고는 결혼을 안 하겠대요."

진정한 사랑이란
상대를 아끼고 가엾게 여기는 그 마음에 있다고 하지요.
그런 의미에서 그녀는
이 세상에서 가장 행복한 아내가 아닐까요?

내 곁에 꽁꽁 붙들어두겠다는 마음이 아니라
어디에 있더라도 행복하길 바라는 마음이
사랑입니다.

# 다음 생엔 이 남자 말고 그 남자

퇴직 후 엄마가 훈장처럼 불치병을 얻었을 때, 엄마와 엄마의 절친 두 분을 데리고 설악산 여행을 떠난 적이 있습니다. 병이 더 깊어지기 전 엄마에게 추억 하나라도 더 만들어드리고 싶어서요.

설악산 곳곳을 드라이브하면서 어쩌면 이 여행이 엄마와의 마지막 추억 여행이 될지 모른다고 생각하니 가슴이 먹먹해졌습니다. 그래서 설악산의 모든 풍경이 엄마의 가슴속에 낱낱이 새겨지길 바라고 또 바랐습니다.
그 의도가 너무 비장했던 탓일까요. 운전을 하는데 자꾸 눈물이 났습니다. 이 아름다운 순간들이 이제 엄마의 한시적 추억에 담길 거라 생각하니 가슴이 아렸습니다.

자동차를 타고 설악산 곳곳을 누비는 동안

칠순이 넘은 여인네 세 명이 내내 나누는 대화는
사랑에 관한 것이었습니다.
한때 문학소녀들 아니랄까 봐 여행하는 내내 그녀들이 나눴던 대화는 소녀 시절 읽었던 세계 문학 전집 속 남자 주인공 이야기였습니다. 얼마나 행복해하던지요.
그 모습을 보며 사랑이란 세대를 초월하는 영원한 삶의 아이콘이라고 생각했죠.
사흘 내내 깔깔거리며 이어졌던 사랑 이야기는 다시 태어난다면 정말로 책 속 주인공과 같은 멋진 남자와 만나 운명적인 사랑을 꼭 한번 해보고 싶다는 것으로 끝났습니다.
그 말 속에는 평생을 가부장적인 남편을 모시고 사느라 살가운 애정 표현 한번 못 받고 산 대한민국 여인네들의 한이 들어 있었습니다.

친구 한 분은 또 이런 이야기도 했습니다.
자신은 젊은 날 못해봤던 사랑이 너무 억울해 종일 비디오를 보며 명화 속 주인공들과 연애하는 재미에 빠져 사는데 그 기쁨이 만만치가 않다고요.
그녀가 달뜬 얼굴로 읊은 애인들의 면면은 화려하기 그지

없었습니다.
게리 쿠퍼. 록 허든슨. 클라크 케이블. 그레고리 펙….
이름만 들어도 가슴 설레는 배우들이 아닌가요.
명배우들 이름을 하나하나 열거할 때 소녀처럼 얼굴 붉히던 그녀를 정녕 잊을 수가 없습니다.

엄마는 떠났고 팔순이 넘은 두 친구는 생존해 계십니다.
듣자하니 한 분은 지금 암 투병 중이라고 합니다.
늙음의 종착역은 왜 항상 암 아니면 질병인 걸까요.

하지만 나는 압니다.
그녀들의 육신은 비록 피폐해졌다고는 하나
가슴속에는 지독한 감상 병을 앓던
단발머리 소녀 시절 사랑의 추억이
여전히 자리하고 있으리란 걸.
그 기억이 병들고 노쇠한 삶을 버티게 해주는
마지막 등불일 거라고.

결국 사랑은 생명인 것을.

# 인생에 공짜는 없어요

어릴 때 꿈속에서 누군가 나를 잡으러 와 무서워 도망가려는데, 발이 땅에 붙어 한 발짝도 움직일 수 없어 당황했던 적이 있습니다.
깨고 나면 꿈이란 걸 알고 얼마나 안도했는지….

살아가면서 우리는 크고 작은 시련과 마주합니다.
그럴 때 생각합니다.
아, 이 모든 게 꿈이었으면….

절망의 우물에서 벗어나려 할수록 상처 입은 마음은 한여름 아스팔트 위로 쩍쩍 달라붙은 슬리퍼처럼 갈지자로 헤매곤 합니다. 악순환이 반복될수록 고통은 갑절이 되고 내가 꿈꾸던 인생은 결코 이런 게 아니었는데… 하는 후회감이 엄습합니다.

이렇게 생각하면 어떨까요?
살면서 우리에게 따라붙는 시련의 꼬리표들은 인생 여정의 통행료 같은 것이라고.
지금껏 그 누구도 그것을 지불하지 않은 사람은 없다고 말입니다.

누군가는 예고 없이 찾아오는 고난에 덜컥 목덜미가 잡혀 어릴 때 꿈속처럼 옴짝달싹 못하고 서 있기도 할 테죠.
신기한 것은 그토록 우리를 시험에 들게 했던 시련이란 녀석이 떠날 때는 또 언제 그랬냐는 듯 뒤도 안 돌아보고 떠납니다. 물귀신 작전으로 들러붙던 집요함이 무색하게도 말이지요.

드라마든 영화든 반전 없이 밋밋하게만 이어지면 감동도 적은 법입니다. 얽히고 넘어지고 박 터지게 싸워 이긴 주인공을 보면서 우리는 그와 한 몸이 됩니다. 주인공이 흘리는 성공의 눈물에 뜨거운 감동 하나 보태면서요.
엔딩 자막이 올라갈 때쯤 꽉 쥐었던 두 주먹을 비로소 풀면서 입가에 잔잔한 미소를 띠기도 합니다.

영화에서나 현실에서나 해피엔딩이 주는 감동은 이토록 짜릿하고 행복합니다.

지금쯤 당신의 시련도 딱 그만큼 왔을 테죠.
그래서 우리 인생은 얄밉도록 사랑스러운 겁니다.

## 유혹에 대처하는 자세

사람이 권력을 얻으면 마치 전두엽이 손상된 환자처럼 행동을 한다는 한 연구 결과가 있습니다. 뇌에서 기억력과 사고력을 전담하는 전두엽에 장애가 생긴다는 것은 정상적인 판단 능력을 갖기 힘들다는 의미인데요.

실제로 캐나다의 한 신경과학자는 권력을 가진 자와 그렇지 않은 사람의 뇌를 관측기로 살펴보았더니 권력자의 뇌 신경회로에서는 확실히 타인의 심리를 살피는 공감능력 기능이 현저히 떨어졌다고 합니다.

즉, 사람이 권력을 얻으면 자신도 모르게 그에 취해 공감능력을 상실하고 이상행동을 보인다는 것이지요. 그 멀쩡해 보이던 사람들이 왜 그런 천인공노할 일을 저질렀는지 과학적으로 이해가 되더군요.

어찌 보면 술과 권력은 참 많이 닮았습니다. 한번 중독되면 끊기가 매우 힘들다는 것인데 술이나 권력 모두 사람을 치명적인 유혹에 빠지게 한다는 점에서 무서운 덫이지요.
살다보면 돈과 명예 권력 물론 중요합니다. 어쩌면 우리가 열심히 일하는 이유도 이 세 가지를 얻기 위한 과정일지 모릅니다. 하지만 우리에게 권력보다 더 중요한 것은 초심을 잃지 않고 사람답게 사는 게 아닐까요?

인생의 하이라이트는 내가 어디까지 올라갔느냐가 아니라 힘들 게 이룬 것을 어떻게 잘 지키느냐에 달려 있습니다.
유혹의 파편을 피하기란 쉬운 일이 아니지만 흔들림 없이 외면하는 용기도 필요합니다. 이성은 그럴 때 작동하라고 있는 겁니다.

지금 이 순간에도 수많은 유혹과 싸우며
꿋꿋이 버텨내고 있는 당신은 이미 승자입니다.

가뜩이나 불안한 우리 미래를 매번
불안한 자아로 내리찍는 유혹이란 녀석에게

더는 관대해선 안 됩니다.

이것이 우리 삶의 무게가
납덩이처럼 무거워야 할 이유이기도 합니다.

# 내 마음은 나의 것

세상 모든 기쁨과 슬픔,
행복과 불행은 생각하기 나름입니다.
똑같은 일도 생각하기에 따라
하늘과 땅 차이로 달라집니다.

예전에 나 또한 감정의 완급 조절에 서툴러서 안 좋은 일을 겪으면 좀처럼 그 생각에서 쉽게 빠져나오지 못하고 걱정을 사서 했죠.
그렇게 한참 괴로워하다 보면 어느 순간 불현듯 '어, 지금 내가 뭐하고 있는 거지?' 하는 생각이 들 때도 있었어요.
예민한 탓에 안 좋은 일만 생기면 엄청나게 스트레스를 받곤 했습니다.
그러는 사이 몸도 지치고 정신은 피폐해져서 '이러다 죽겠구나' 싶은 순간도 있었지요.

그러던 어느 날, 세상 고민은 내가 걱정한다고 해서 해결될 일은 아니라는 것을 깨달았습니다. 걱정하느라 아무것도 못하고 있는 그 시간에 차라리 승산 있는 일을 찾아 몰두하는 것이 훨씬 더 낫다는 사실도요.

모태 미녀로 유명한 배우 K는 새침해 보이는 외모와 달리 낙천적이고 털털하기로 소문났습니다.
거기엔 비결이 있더군요.
아무리 괴롭고 힘든 일이 있어도 잠자리에 드는 순간 "이젠 끝!"을 외치며 작별을 고한답니다. 어떤 고민도 하루를 넘기는 법이 없다네요.
즉, 받아들일 건 받아들이고 아닌 건 아니라고 확실하게 끝마치고 잠자리에 드는 것이 그녀만의 고민 해결 방법이라고 합니다.
참으로 명쾌한 해소법이지요?
그렇게 아무 일 없었다는 듯 시치미 뚝 떼고 새 아침을 맞는 그녀의 고민 해소법이 부럽기도 합니다.

내 마음의 주인은 바로 나 자신입니다.

내 마음을 마음대로 조종할 수 있는 사람도
이 세상에 나 한 사람뿐입니다.

하던 일이 잘 풀리지 않는다고 해서
너무 낙담하지 마세요.
한발 떨어져서 보면 정말 아무 일도 아닐 수 있습니다.

어차피 해결의 키는 당신이 쥐고 있는데 뭐가 걱정인가요.
내 마음가짐이 곧 해답인 걸요.

## 진짜 인연, 가짜 인연

이상하게 욕하면서 계속 보게 되는 드라마가 꼭 있습니다.
개연성 없는 스토리 전개.
막장에다 신파 내용.
보는 내내 스트레스만 생겨 끝날 때마다 '다시는 저 드라마 보나 봐라' 다짐하건만 드라마가 시작할 시간이면 어김없이 TV 앞에 코 붙이고 앉아 기다려본 경험이 있을 겁니다.

사람도 그렇습니다.
만나면 스트레스만 주는 싫은 사람이라, 헤어질 때마다 이제 다시는 보나 봐라 다짐하면서도 또 보게 되는 사람.
예전에는 그 이유가 그 사람과 오랫동안 쌓아온 정 때문이라고 생각했습니다.
미운 정도 정이라고 하지 않나요.
지나고 생각하니 그게 아니었습니다.

그것은 일종의 중독이었습니다.
나도 모르게 그 사람에게 길들여진 중독….

그래서 중독은 끊기 힘듭니다.

우리는 살아가면서 싫든 좋든 많은 사람과 인연을 맺습니다. 그동안 나를 스쳐간 수많은 인연을 떠올려보면 어떤 이는 내가 좋아 먼저 마음을 열고 다가갔고 또 어떤 이는 딱히 마음에 들지 않는데 끊지 못해서 습관적으로 만나오기도 했습니다.

때때로 우리는 그저 옷깃만 스치고 지나갈 엑스트라 인연에 너무 감정소모하고 사는 건 아닌지 깊이 고민해보아야 합니다. 다이어트가 필요한 건 육중한 몸무게뿐만 아니라 과부하 걸린 우리 인간관계도 해당합니다.
사람이 재산이다, 라는 핑계로 우리는 얼마나 많은 인연을 누적시키며 살아왔는지요.

생각해보니 그동안 내가 겪었던 인간 분란의 8할은

진짜 인연이 아닌 가짜 인연 때문이었습니다.
어리석기 짝이 없습니다.
가짜 인연은 그토록 소모적이고 비생산적인
감정 소비의 주범인 것이지요.

진짜 좋은 인연이란 존재 그 자체만으로
편안함과 기쁨을 주는 사람입니다.

만날 때마다 사람 불편하게 하고
의구심만 갖게 하는 사람이라면
지금 그 인연을 놓는 게 맞습니다.
스스로 떠나주면, 오히려 고마운 일이라고 생각하세요.

가짜 인연은 떠나는 순간에도 요란하기 짝이 없습니다.
당신을 편안히 손 흔들며 배웅하는 것을
용납하지 않습니다.
그래서 우리는 가짜 인연이 끝날 때마다
혹독한 마음의 상처를 받습니다.
후유증도 적지 않고요.

그렇다고 너무 아파하지는 마세요.
그 사람에게 더 큰일을 당하기 전에
이쯤에서 끝난 것을 다행이라고 생각하세요.
비싼 수업료를 지불했다고 여기면 그만입니다.

좋은 인연 한 사람을 사귀는 것보다 나쁜 인연을 곁에 두지 않는 것이 더 중요합니다.
만나면 유쾌함보다 불쾌함만 주는 사람을 지금 용기 있게 끊어내지 못한다면 남은 삶은 나쁜 인연을 제때 제거하지 못한 '인연의 과태료'를 톡톡히 지불할 것입니다.

가짜는 역시 가짜입니다.

# 빗방울이 어깨를 모두 적신다 해도

빗방울에 부딪히는 모기의 모습을 본 적 있나요?
미국의 한 대학 연구진이 그 모습을 고속 촬영했는데요.
모기는 비를 맞을 때 순간적으로 빗방울과 한 몸이 되어
같이 추락하면서 충격량을 최소화한다고 합니다.

작은 몸집에 빗방울을 맞으면 충격이 상당하겠지만 영리한 모기는 맞고만 있지 않고 떨어지는 빗방울과 동반 추락하면서 땅에 닿기 직전에 탈출해 살아남는다고 합니다. 이것이 모기의 숨은 생존법이라고 합니다.
아, 그 작은 몸뚱이 어디에 그런 놀라운 지혜가 숨어 있는지 감탄스러울 뿐입니다.
생존의 의지는 이렇게 놀랍습니다.

약육강식의 논리가 지배하는 생태계에서 도태되지 않고

끝까지 살아남기 위해서는 자기만의 생존 전략이 필요합니다.
어차피 나보다 우월한 조건을 갖고 있는 상대를 이기려고 하기보다 그 사람이 갖고 있지 않은 나만의 고유한 생존 전략을 찾는 것이지요.
누구도 따라할 수 없는 나만의 생존 스킬이랄까요.
이것을 틈새 전략이라고 한다는군요.

《이토록 아름다운 약자들》이란 책을 보면, 아무리 밟혀도 끈질기게 살아남는 잡초는 식물과의 경쟁에서 패배하여 아무도 가려고 하지 않는 척박한 땅에 스스로 뿌리를 내려 살아남았다고 합니다.
이것을 인간의 경쟁 사회에 대입해보면 해답은 훨씬 분명해집니다.

사람 누구나 태어날 때부터 그 누구도 범접할 수 없는 자기만의 고유한 아우라를 가지고 태어난다고 합니다.
자신의 우월한 점을 캐치하여 그것을 슬기롭게 변용한 이들은 진작에 성공하기도 합니다. 하지만 대부분의 평범한 사람은 죽을 때까지 자신의 잠재된 능력이 무엇인지도 모르고 활용조차 해보지 못한 채 세상을 떠나지요.

오늘 내 안에 잠재되어 있는 고유한 능력 찾기에 몰두해보는 건 어떨까요.

이래저래 살아남기 참 힘든 시절입니다.
취업도, 연애도, 결혼도…
모두 포기하고 싶을 정도로 어렵습니다.
그렇지만 포기하면 남는 게 뭔가요.
이것이 안 되면 저것을
저것도 안 되면 또 다른 것을
이리저리 궁리해봐야 합니다.

내 안에 존재하는 잡초 근성은 곧 확실한 나의 경쟁력입니다. 지금이야말로 그 어마어마한 나만의 전략을 보여줄 때입니다.

지금 당장 실현할 수 있는 꿈부터 하나하나 적어 보세요.

작은 꿈을 차근차근 이뤄나가
생의 의지가 불타오를 수 있도록.

삶의 동기란 작은 기쁨이 모여 만드는 것.
인생이라는 두 글자의 무게를 잘 알고 있는 당신에게
'자신감'이라는 단어가 넘쳐나길.

# 가끔은 브레이크를 밟아보세요

사막을 횡단하는 낙타는
끔벅끔벅하는 눈을 보면 그저 순해 보이지만
고약한 습성이 하나 있다고 합니다.
한번 방향을 잡으면 그쪽으로만 걸으려 해서 주인이 중간에 방향을 틀기가 어렵다고 합니다.
요즘 말로 '됐거든?' 하며 낙타가 시위하듯 고집을 부리기 때문이죠.

우리 주위에도 보면 이런 사람, 적지 않지요?
낙타와도 같은 사람 말이에요.
자기 의견만 주장할 줄 알지
남 의견은 절대 받아들이지 않는 사람.
누가 뭐라 하던 수용은커녕
마음의 귀를 꼭꼭 닫고 사는 사람들.

자신의 신념이 너무 일방적이어서
소통과는 담을 쌓은 사람들.
고집불통의 사람을 만날 때면
언제나 낙타가 떠오릅니다.

신념과 이기심, 소신과 아집 이 둘은 엄연히 다릅니다.
혹시 지금 이 순간 당신도 다른 사람 다 틀리고
나만 옳다는 독선에 빠져 있진 않나요?
그렇다면 오늘부터
브레이크 없는 마음의 일방통행을 잠시 멈추고
뒤를 한번 돌아보는 여유를 가져보는 건 어떨까요.
우리 내면의 모든 성장은
그렇게 사유하는 마음에서 출발한다는 거 잘 아시잖아요.

지금… 여러분 마음의 귀는 열려 있나요?

지금 나, 안녕하십니까?

행복은 자가생산해야 합니다.
어떤 행복도 남이 그저 손에
쥐어주는 행복이란 없습니다.

# 내 이름은 내 새끼

엄마는 헤어질 때마다 늘
닭똥 같은 눈물을 뚝뚝 흘려서 나를 당황하게 했다.
내가 대학에 합격해 서울역 대합실에서
헤어질 때도 그랬고
제왕절개를 하느라 수술실로 향할 때도
홍수 같은 눈물을 철철 흘려 나를 아프게 했다.

그때
엄마의 입에선 눈물과 함께 늘 동일한 단어 한마디가
탄식처럼 새어 나왔음을 똑똑히 기억한다.

내, 새, 끼.

그렇다.

그때 나는 목숨처럼 사랑하는 엄마의 내 새끼였던 거다.
그때 흘렸던 엄마의 눈물은 때때로
내 가슴에 홍수가 되어 슬픔으로 범람한다.
세월이 흘러 이제 나는 눈에 넣어도 아프지 않을
내 새끼와의 이별을 또 마주하고 있다.

그때 엄마가 흘리던 눈물의 농도와
지금 내가 흘리는 눈물의 농도가 똑같을 수는 없겠지만
저울로도 잴 수 없는 새끼를 떠나보내는
어미의 그 슬픈 심정이야 말해 무엇 할까.

살아가면서 우리는 크고 작은 이별을 반복한다.
하지만 몇 번을 반복해도 연습되지 않는 게
사랑하는 사람과의 이별이다.
부모와의 이별, 자식과의 이별,
사랑하는 연인과의 이별이 그렇지 않나.
과연 우리가 이별 앞에 무덤덤해질 수 있는 날은
언제일까….

엄마로부터 대물림된 이별의 아픔을 어제,
엄마와 헤어지는 것보다 강아지와 헤어지는 게 너무 슬퍼
서럽디 서럽게 울고 있는 내 새끼와의 낯선 이별 앞에서
또 한 번 절감했다.

그리고 나는 안다.
삼대 모녀로 이어진 이별의 통한은 치유책도 없이
여전히 아프고 시리지만,
하늘에 있는 엄마나
앞으로 지상에서 몇 번의 이별을 남겨두고 있는
딸아이와의 이별은
살아가면서 감당해야 할 내 삶의 아픈 그 무엇이란 걸.

핏줄이란 그런 거.
이별이란 그런 거.

# 떠나는 사람 남겨진 사람

'세상에서 가장 아름다운 얼굴'이라는 제목으로
인터넷에 올라온 사진 한 장을 보았습니다.
주름으로 움푹 팬 얼굴을 하고 서로 손을 맞잡은 채
침대에 누워 있는 노부부의 사진이었죠.
고난의 세월을 함께해서일까요.
서로 마주 보고 환하게 웃는 그들 모습은
경건해 보이기까지 했습니다.

나이 들수록 아름다움을 보는 눈이 달라집니다.
아름다움은 보이는 영역에만 머무르지 않는다는 걸
깨닫게 됩니다.
비록 초라하고 볼품없는 형상이라고 해도
그 안에 있는 고결함이 더 크게 다가옵니다.
심미안도 연륜과 함께 자라나 봅니다.

얼마 전 TV에서 농사일을 하다가 심장마비로
응급실에 실려온 할머니를 보았습니다.
카메라가 심폐소생술을 하는 의사들의 손을
부지런히 따라가는 그때
유독 시선을 끄는 손 하나가 보였습니다.
바로 할머니의 평생 동반자였던 할아버지의 손이었습니다.
할머니가 죽음과 사투를 벌이고 있는 사이
할아버지는 아무 말도 못한 채 그저
할머니의 발뒤꿈치만 어루만지며 서 있을 뿐이었죠.
살려달라는 절규도 없이.
죽지 말라는 부르짖음도 없이.

잠시 후 할머니는 끝내 숨을 거두었습니다.
그 모든 게 불과 1분도 안 되는 사이에 벌어진 일이었죠.
할머니의 투박한 발뒤꿈치를 잡고 고개를 떨구던
할아버지의 공허한 눈빛을 잊을 수가 없습니다.
삶과 죽음의 경계가 1분도 안 된다는 사실을 깨닫는 순간,
할아버지의 머릿속에는
얼마나 많은 회한이 스쳐 지나갔을까요.

아마 할아버지는 할머니에게
이런 말을 꼭 전하고 싶지 않았을까요.

"그동안 나같이 못난 남편 만나 산다고 고생 많았어.
이제라도 죄 많은 나를 용서하고 근심걱정 없는
저 하늘나라에서 행복하게 잘 살게나."

누군가는 떠나고 누군가는 남습니다.
한날한시에 이 세상 소풍을 마치는 건 어려운 일이지요.
헤어지는 순간, 발뒤꿈치 말고
헤어지기 전에, 더 많이 포옹해주세요.

# 꽃이 피면 지는 날도

사랑에도 유통기한이 있다고 합니다.

남녀가 처음 만나 호감을 느끼면
그 사람 얼굴만 봐도 행복하게 만드는
'도파민'이란 호르몬이,
그러다가 사랑에 빠지면
중추신경을 자극하는 '페닐에틸아민'이 분비된답니다.
마침내 껴안고 함께 잠자고 싶은 순간이 오면
'옥시토신'이 생기고
이어 기쁨을 안겨주는 '엔도르핀'이 분사된다고 합니다.
그때 두 사람은 충만한 사랑의 감정에 푹 빠지게 되지요.
사랑의 감정이 딱 여기까지라면 얼마나 좋겠습니까.
아쉽게도 이 모든 사랑의 물질들은
2년만 지나면 항체가 생겨 바싹바싹 말라버립니다.

결국 마지막에는 싫증 난 남자와 여자만 남게 되는데….

누구나 갈망하는 영원한 사랑은 그저 환상일 뿐일까요?
어느 순간 삶의 전부였고, 인생의 모든 의미이던 사랑이
그저 호르몬의 농간이라니 참 슬프지 않나요?

많은 사람이 사랑을 논할 때
사랑의 유한함과 무한함,
혹은 절대성과 가변성에 대해 말합니다.
너무 쉽게 뜨거워졌다가 한순간 냉각되어버리는
사랑의 속성을 탄식하기도 합니다.

영화 〈봄날은 간다〉에서, 상우가 변심한 애인 은수를 보며
탄식처럼 내뱉는 대사가 있습니다.

"사랑이 어떻게 변하니…."
이 세상에 영원한 것은 아무것도 없다는 진리를
깨닫는 일은 참 쓸쓸합니다.
안타깝게도 세상에 변하지 않는 것은 아무것도 없어요.

사랑조차, 사랑마저….
그러니 지금 당신의 사랑이 예전과 같지 않다며
너무 슬퍼하지 마세요.
그 사람의 변심을 내 탓이라 여기며
근거 없는 자책감에 빠질 필요도 없습니다.


"사랑이 어떻게 변하니"가 아니라
사랑이니까 변하는 것입니다.

# 사랑은 언제나 나를 배반한다

사랑의 기쁨을 아는 사람이라면
실연의 아픔 또한 알겠지요.
'배반'이 사랑의 변수라는 것을 알고 있는 사람이라면요.

그렇게나 나를 아끼고 좋아해주던 사람이
차갑게 돌아서는 순간,
세상도 함께 무너지지요.
쌍방이 아닌, 어느 한쪽의 변심으로 깨져버린
사랑의 결과는 참혹합니다.

누군가의 마음을 얻는다는 것은
노력이나 의지로 되는 일이 아니기에
사랑을 끝끝내 지켜내려는 사람과 떠나려는 사람 사이는
우주의 거리만큼이나 멀고멉니다.

소유할 수 없는 사람이란 얼마나 아프고 허망한가요.

그런데 그렇게 죽을 것만 같았던 고통도,
허방을 디딘 것 같은 비현실감도
영원히 이어지지는 않습니다.

대학 시절 사랑했던 남자에게 버림받고
오랜 시간 마음을 앓던 친구가 있었습니다.
남자친구가 일방적으로 연락을 뚝 끊고
자취를 감춰버린 순간,
그녀는 뉘엿뉘엿 넘어가는 저녁놀을 바라볼 때가
가장 힘들었답니다.
쓸쓸히 지고 있는 붉은 해가
이제 그 수명을 다해버린 자신의 사랑처럼,
더는 사랑받지 못하는 자신처럼 느껴졌기 때문이지요.

몇 달 뒤 변심의 이유가 다른 여자 때문이란 걸 뒤늦게 알고 절망했습니다.
그리고 꽤 오랜 시간 힘들어했죠.

그 후 친구는 새로운 연인을 만나 다시 사랑에 빠졌고,
졸업 후 그 사람과 결혼했습니다.
지금, 잘 살고 있냐고요?
그럼요, 너무 행복해서 질투가 날 지경입니다.

사랑도, 실연도 감기몸살처럼 한때 지나가는
인생의 통과의례입니다.
오늘… 서러울 만치 아름답게 사위어가는
저녁놀을 바라보니 그 친구가 생각납니다.
이제 그녀에게도 저녁놀이 더 이상 슬픔이 아니겠지요.

사랑이 끝났다면 통곡하며 기꺼이 보내주세요.
오늘, 서럽게 붉은 저녁놀도
내일 아침에는 해사한 얼굴로
다시 떠오릅니다.

# 비 내리는 산사에서

남편과 교외로 드라이브를 갔다가 한 고적한 절 앞에서 발걸음을 멈추었습니다.
비 내리는 산사는 운무까지 더해 꽤 운치 있었지요.

습관처럼 대웅전에 들어가 절을 하고 나오는데 참한 자태의 스님 몇 분이 각자의 방으로 들어가는 모습이 보였습니다. 그곳은 스님들이 공부하는 도량이라고 하더군요.
그 순간 닫혀 있는 문틈 사이로 수행하는 스님의 청아한 얼굴이 설핏 떠올라 숙연해졌습니다.

예전에 누군가가 종교의 길로 들어선다고 하면 그 결심의 배경은 알려고도 하지 않고 저 사람은 또 무슨 사연이 있기에 속세와 인연을 끊는 걸까, 색안경 끼고 보았던 게 사실입니다. 종교로의 귀의는 곧 세상과의 단절이라 생각했기 때문이에요.
시간이 흐르면서 그것이 얼마나 잘못된 편견인가 깨닫게 되었습니다.

사람마다 지향하는 삶의 길이 있을 텐데 그것이 보편적인 삶과 다르다고 해서 안쓰럽게 보는 것은 옳은 일이 아니지요.
아니 어쩌면 신산스럽기 짝이 없는 속가를 떠나 오직 수도에만 정진하고 있는 스님들 입장에서 보면 지금의 삶이 가장 이상적이라고 생각될 만큼 충일할 수도 있습니다.

사람들은 저마다 자신만의 삶을 살아갑니다.
삶이 어렵고 고단하긴 다 마찬가지일 테지만 거기에 내가 있고 내 삶이 있기에 힘들어도 묵묵히 살아가는 것이지요.
누구의 삶도 이게 최상이라 단언할 수 없는 게 우리 인생입니다.

비록 그 끝은 보이지 않을지도 모릅니다.
하지만 지금 가고 있는 길이 후회스럽지 않다면 그 길은 분명히 나의 길이 맞습니다.

비 내리는 산사는 인적조차 끊겨 고적함을 더하였지만 누구도 감히 넘볼 수 없는 열반의 기쁨이 가득했습니다.

단절은 유대나 연관 관계를 끊는다는 뜻입니다.
하지만 끊어냄으로써 더 성찰하고 고요한 자기 수양이 경지에 오른다면 그처럼 축복이 또 어디 있을까요.

휴일인데도 비가 와서 그런지 절 안은 마치 다른 세계에 와 있는 듯 적막하기 그지없었습니다.
청승스럽게나 부슬부슬 내리는 비가 스님을 그리워하는 속세의 가족들이 흘리는 눈물처럼 느껴졌던 그날의 내 감상을 스님은 이미 용서했겠지요.

절을 나오면서 그런 생각이 들었습니다.

욕심 많고 잡념 많은 우리는
언제쯤 탐욕 없는 청정의 마음으로 살아갈 수 있을까.

티끌 하나 없는 순백의 마음으로 살아갈 수 있을까.

산사에 내리던 비가 어쩌면 마음의 때를
벌써 씻겨 내렸을지도 모른다고 생각하니
집으로 돌아오는 발걸음이 한결 가벼웠습니다.

# 당신의 가족은 안녕하십니까?

타인은 그럴 수 있다고 이해하면서 내 가족에겐 절대 허용 안 되는 일이 몇 가지 있습니다.

얼마 전 인기리에 방영되었던 한 드라마가 그 대표적 예죠.
딸이 친구의 남동생과 연애하는 것을 눈치챈 엄마가 목숨 걸고 반대하던 일이 바로 그런 경우인데요.
사랑을 능멸할 만큼 제대로 속물이 되어 있는 엄마는, 사랑이 더 이상 밥 먹여주지 않는다는 걸 너무 잘 알기에 딸의 연애를 절대 허락하지 않습니다.

딸 친구의 남동생으로는 얼마든지 예뻐할 수 있으나 딸의 남자로는 절대 받아들일 수 없다는 것이 그녀의 입장입니다. 굉장히 이중적인 모습이지요.
왜 그는 안 되냐며 항변하는 딸에게 엄마는 이렇게 말합니다.
"네가 그 사람과 결혼하면 가시밭길이란 것을 뻔히 아는데 어떻게 그걸 보고만 있냐"고요.

자식의 연애에 개입하여 죽어도 안 된다는 부모와 그에 맞서 싸우는 자식의 이야기는 현실에서나 드라마에서나 통속적 클리셰의 전형입니다.
이제 나도 동시에 자식과 부모의 입장이 되고 보니 어느 한쪽이 틀렸다고 선뜻 말할 수 없는 것도 사실입니다.
중용이라는 비겁을 잘도 감추면서 말이지요.

"당신이라면 어떡하겠어?"
우리가 그 입장이 되면 어떨까 궁금해서 남편에게 물어보았죠.
"지들끼리 좋다면 시켜야지 어떡하겠어?"
한 치 고려도 없는 단호한 대답이라 당황했죠.
그렇다면 나는 어떨까….
곰곰이 생각해보았습니다.
누구보다 사랑지상주의여서 딸의 사랑에 무턱대고 반기를

들지는 않겠지만 "오냐, 너 참 잘했다"며 무조건 환영하지도
못 할 것 같은 이 마음은 또 뭘까요.

어쩌면 가족이란 서로를 위한다는 명분으로
실상은 가장 많은 상처를 주고 있는 건 아닌지….
그럼에도 불구하고 나는 압니다.
결국엔 딸의 손을 들어줄 거란 걸.

한때 나에게도,
사랑에 목숨 걸던 시절이 있었음을 알고 있기에.

# 행복하길 멈추지 마세요

요즘 교외로 나가보면 예쁜 카페가 너무 많다.
규모도 점점 대형화되어 마치 외국의 어느 근사한 레스토랑에 온 느낌이 들 정도다.

대부분의 여자들에겐 예쁜 카페 하나 가져보는 게 로망이라고 한다. 나 또한 그랬다.

투명한 통유리 너머로 코발트빛 하늘과 바다가 보이는 전망 좋은 곳에 예쁜 카페 하나를 지어 좋아하는 음악을 들으며, 구석진 나만의 테이블에서 글도 쓰고 정성껏 내린 아메리카노 커피 향에 취해보기도 하며….
하지만 이 모든 게 현실을 잘 모르는 희망사항이란 걸 경험자들 입을 통해 듣는 순간 나는 일찌감치 그 꿈을 접어버렸다.

우리가 평소 소망해마지 않는 로망이란 그야말로 로망일 뿐. 현실은 그저 발 동동 굴리며 손익계산 맞추기 급급한 계산기 속 생존일 뿐이다.

여행을 하다 보면 그림 같은 펜션 주인장 혹은 예쁜 카페 주인 분들과 대화를 할 때가 많다. 그분들과 대화해보면 이럴 줄 몰랐다며 후회의 탄식을 쏟아내곤 한다.
그림 같은 펜션을 지어 우아하게 노후를 보내볼까 했던 꿈은 진작에 산산조각이 난 건 물론이고 날마다 공실 걱정에 청소며 건물 관리, 손님 뒤치다꺼리에 몸이 열 개라도 모자랄 지경이란다.

카페 또한 본인이 직접 할 게 아니면 일찌감치 환상을 접으라고 한다.
밖에서 볼 때는 더없이 아름다운 그림 같은 카페지만 그 안에선 다달이 나가는 인건비에 수지타산 걱정이 장난 아니라고 한다.
물론 잘 되는 펜션과 카페는 예외다. 문제는 그 수가 많지 않다는 것이다.

현실을 망각한 환상은 그토록 허망한 것이다.

젊은 날, 멋진 바다가 출렁이는 곳에 하얀 집을 짓고 나폴거리는 시폰 원피스를 입고 폴짝폴짝 뛰며 세상을 온통 파란 물감으로 물들이던 포카리*** CF 속 손예진처럼 살리라 한번쯤 마음먹지 않았던 사람이 어디 있을까.

어릴 때 나는 엄마와 동요 〈반달〉을 부르며 무척 행복해했던 기억이 있다. 그 노래를 부를 때면 그 순간 나는 정말로 은하수를 타고 푸른 하늘로 올라가서 토끼를 꼭 만날 것만 같았다.
시간이 흐르고 어린아이가 아닌 어른이 된 지금 그때의 상상은 내겐 더 이상 이룰 수 없는 잔혹동화가 되어버렸다.

그렇다고 지금 내가 불행하다고는 말할 수 없다.
로망으로 그리던 예쁜 카페가 실상은 날마다 수지타산을 걱정해야 하는 애물단지 생계수단이라 할지라도,
푸른 하늘 은하수엔 더 이상 토끼가 살고 있지 않더라도
나는 여전히 동화 같은 내 미래 삶을 멋대로 상상하며

행복하길 멈추지 않을 테다.
그 상상 속에는 어떤 날은 아이슬란드 어딘가에서
오로라를 보고 있는 내가 있는가 하면,
어떤 날은 영화 〈매디슨 카운티의 다리〉에 나왔던
예쁜 나무다리 위를 홀로 걷고 있는 내 모습이
감미롭게 들어 있다.

팍팍하고 때론 너무 황량해서
가끔은 가슴이 시릴 때도 있는 우리 삶이지만
나만의 상상의 방이 있다는 게 얼마나 좋은지 모른다.

생각만 해도
심장 박동수를 뜨겁게 뛰게 하는
그런 로망이 그대에게도 있는지.

# 이제는 나를 사랑할 때

오늘 아침에 김지수 기자가 쓴 디자이너 노라노 여사의 인터뷰 기사를 읽고 크게 감동했습니다.
아흔한 살이 넘어서도 여전히 현역에서 일하는 디자이너 노라노 여사!
그분은 평생 건달 정신으로 살았다고 합니다.
무슨 말인가 궁금해서 정독해보았지요.

노라노 여사의 말에 의하면, 건달 정신이란 돈에 연연하지 않고 자기 자신에게 비위를 맞추며 사는 거라고 합니다.
이를 테면
너 지금 뭐 먹고 싶니?
너 지금 뭐 하고 싶니?
너 지금 어디를 가고 싶니?
이런 식으로 남도 아닌 자기 자신의 비위 맞추기에 열정을 아끼지 말아야 한다는 것입니다.
자신의 비위를 잘 맞추는 사람만이 남의 비위도 잘 맞춘다고 하니 맞는 말이지요?

우리 모두는 거꾸로 사느라 정작 나 자신은 홀대한 채 남의 비위만 맞추고 있는 것은 아닌지 한번 생각해보아야 합니다.
자신을 대접하고 존중할 줄 아는 사람만이 남에게도 잘하는 법이거든요.

결혼하고 한때 예쁜 그릇들에 빠진 적이 있었습니다.
멋진 그릇을 보면 가격이 비싸다고 느껴져도 주저 없이 샀습니다. 깨질까봐 조심조심 집으로 모시고 온 그릇들은 한 번 써보지도 못한 채 예쁜 그릇장에 바로 진열되곤 했죠.
그러다가 그릇들이 모처럼 외출할 때가 있었습니다. 집에 손님들을 초대한 날이었지요. 그때마다 신이 나서 오랜만에 그릇들을 진열장에서 꺼내 식탁 위에 예쁘게 세팅하고는 했지요. 손님이 가고 나면 익숙한 솜씨로 그릇을 반짝반짝 윤기 나게 닦고서는 다시 그릇장에 넣어 곱게 보관했고요.

그런데 어느 날, 한 지인이 말했습니다.
"나는 혼자 밥 먹을 때도 내가 가진 그릇 중에 제일 비싸고 귀한 그릇에 음식을 담아 먹어요. 내가 나를 소중하게 생각하고 귀히 여기는 마음이 절로 느껴지거든요. 그런데 사람들은 참 이상해요. 귀하고 값진 그릇일수록 손님 대접할 때 쓴다고 아끼고 정작 자신을 위해 쓰는 법은 없어요. 이거야말로 모순이지 않아요?"

우리는 가끔 잊고 삽니다.
세상에서 가장 소중하고 아껴야 할 존재는
남이 아닌 바로 나 자신이라는 것을.

이 단순한 진리를 잊고 스스로를 홀대하다 보니
자존감이 낮아지는 거지요.
내가 나를 천대하면서 어찌 남이 나를
아껴주기를 바랄까요.

세상에서 가장 귀하고 소중한 존재는 바로 나 자신이고
자신을 귀하게 여기고 존중할 줄 아는 사람만이

남에게도 잘 할 수 있음을.

자신을 소중히 여기고 세상에 다시없는 존재로 여길 때
우리는 가장 영롱하게 빛납니다.
수정처럼,
유리알처럼.

# 어른이 된다는 것

누구에게나 그런 시절이 있습니다.
알맹이는 없는데 그저 남에게 멋있어 보이고 싶어 지나치게 허세 작렬하던 시절.

제대로 해석도 안 돼 읽지도 않을 거면서 벽돌보다 두꺼운 원서를 옆구리에 끼고 다니며 지적 허세 남발하던 그 남학생.
밤새 잠도 안 자고 유명 시란 시는 다 뒤적거려 기껏 러브레터 다 써놓고선 정작 시의 저자를 엉뚱한 사람으로 적어놓아 읽는 사람 어이없게 만들었던 그 남학생은 지금쯤 그때 한 실수를 눈치나 채고 있을까요?

여대생들도 마찬가지였죠.
딱 달라붙는 청바지에 시선 위협하는 9센티미터 빨간 하이

힐을 신고, 굳이 가방 안에 넣어도 될 타임지를 돌돌 말아 엣지 있게 손에 쥐고서 생머리 찰랑거리며 지적 매력 과시하던 그때.

허세일지라도 그 속에서 빛나던 우리 청춘은 참 예뻤습니다. 청춘이기에 가능했던 치기 어린 오버액션이라고 할까요. 상대방의 심중을 눈감고도 훤히 꿸 수 있는 지금은 그 옛날의 발칙한 허세 연출은 상상만 해도 언감생심입니다.

계절은 출렁이는 감성으로 우리에게 낭만의 허세에 빠져보라고 유혹하고 있습니다.
하지만 낭만의 함정이 얼마나 허무하고 무익한가를 이미 알고 있는 우리는 이제 쉬이 낭만의 덫에 정신 줄 놓지 않습니다.
감정의 허세도 부리지 않습니다.
어른이 되었다는 건 그런 게 아닐까요?

온전한 내 이성을 한순간 잃게 하는 것에
발 담그지 않는 것.

실리적이고 생산적인 게 아니면
절대 쳐다보지 않는 것.
세상의 영악한 계산법을
한 가지라도 더 알게 되는 것.

그래도 이번만큼은 누가 뭐라던 낭만의 허세에 한번쯤 취해보고도 싶은 심정입니다.

나는 진정한 어른이 되려면 아직도 멀었을까요?

## 절대, 결코, 반드시?

단언하고 살 일 하나도 없습니다.

당당함이 무기였던 이십 대에는
조금만 마음에 안 드는 제안을 받아도
단칼에 무 자르듯 '노'를 외치며 거절하곤 했습니다.
그가 무안해할 걸 뻔히 알면서도 말이지요.

상대방의 견해가 나와 조금만 달라도
절대 당신을 이해할 수 없노라며
오만의 칼을 자주 꺼내 들었지요.

'자존심의 오용'도 자기도취에 빠지게 하는 데에
한몫했습니다.
아집과 자존심을 혼동하고

정작 자존심을 부려야 할 때는 부리지 않고
쓸데없는 자존심을 내세워
여러 사람 참 힘들게 했던 기억도 있습니다.
나만 정의려니 생각했죠.
내 속에 싸움 유전자는 별로 없는데
상대방에게 내 의견을 관철시키려고
독설도 서슴지 않았지요.
별것 아닌 누군가의 실수도 절대 있을 수 없는 일이라며
너무 쉽게 단정 짓고 그 사람을 이해하는 데 인색하였죠.

그때보다 조금은 성숙한 어른이 된 지금,
이제 사람들과 더는 맞서 싸우진 않습니다.
타인의 의견이 나와 다르다고 해서
자주 대립각을 세우지도 않습니다.
내 생각이 꼭 옳지만 않다는 것을 흐르는 시간이
가르쳐주었지요.

이제 젊은 날 호기롭게 외치던 '절대'라는 말이
얼마나 경솔했나 반성하며 살고 있습니다.

사람마다 생각이 다르고, 또 생각은 바뀌기 마련인데
어떻게 '절대'라는 한마디로 세상 모든 걸 규정지으려고 했는지 모르겠습니다.
어리석게도.

인생이란 이해되지 않는 생각을 수용해나가는 과정인데,
뭘 몰라도 너무 몰랐다 싶습니다.
예스와 노를 분명히 하고 말끝마다 '절대'를 붙이며
마음의 옹벽을 쌓아올리면서 대체
무엇을 얻으려고 한 것일까요.
앞으로 남은 인생에 또 어떤 삶의 변수가 끼어들지
알 수 있는 사람 아무도 없습니다.

인생에 절대는 없어요.
그래서 말하기 전에, 행동하기 전에
한 번 더 생각해야 합니다.
끝 모를 나의 부끄러운 고해성사는
손에 잡힐 듯 잡히지 않는 아지랑이 속을
분주히 맴돕니다.

세상의 이치를 하나라도 더 알아가는 지금이
나는 참 좋습니다.

# 채움보다 가득 찬 비움

밤사이 휴대전화를 100퍼센트로 충전하는 것은 배터리 수명에는 최악이라는 기사를 읽었습니다. 75퍼센트가 딱 알맞은 정도라니 오늘부터 당장 실천해봐야겠습니다.

누가 봐도 갑부인데 아직도 더 이룰 부가 남았는지 시간만 나면 문어발식 사업 확장으로 고민이 끊일 날 없는 지인이 있었습니다. 하루는 물어보았죠.
"이제 그만하면 충분히 돈도 모았을 텐데 왜 자꾸 골치 아픈 사업에 뛰어 드세요?"
그랬더니 그분 왈,
"아이고, 그런 말씀 마세요. 앞으로 백 세 시대라고 하는데 돈 걱정 없이 풍족한 노후 보내려면 통장에 돈을 꽉꽉 채워놓아야 해요. 그래야 불안하지 않지요."

사람마다 충일함의 기준은 모두 다릅니다.
이만하면 됐다는 만족감의 표시도 사람마다 차이가 있고요. 사람 욕심이 끝이 없기 때문이지요.

시골 땅을 보상받아 하루아침에 부자가 된 사람이 방송에 나와 이런 말하는 걸 본 적이 있습니다.
팔자에 없는 벼락부자가 되고 나니 돈 걱정 없이 마냥 행복할 줄 알았는데 오히려 무엇인가 좀 부족하다 싶던 옛날이 훨씬 더 좋았다는 걸 느낀다고요. 그때는 종일 농사짓느라 비록 몸은 피곤했어도 이루고 싶은 꿈이 있어서 행복했다고요. 이것은 과연 무엇을 말하는 것일까요.

휴대전화 배터리 수명에 관한 기사를 읽고 난 후 이제 휴대전화 상단에 '100%'라는 표시가 뜨면 바로 충전기를 떼고 맙니다. 예전에는 '100%'라는 표시를 보고도 충전기를 내내 꽂아둔 채 지내는 경우가 많았지요.

생각해보니 그런 심리의 근간에는 사소하지만 작은 욕심이 존재했죠. 충전이 끝났다는 것을 알면서도, 충전기를 빼버리면 배터리가 바로 줄어들 기라는 불안감이 있었던 것이죠. 그래서 충전기를 계속 꽂아놓아 100 상태를 유지하고 싶었던 겁니다.

늘 무엇이든 꽉 채워져 있어야 안심이 된다면, 한번쯤 마음의 충전기를 떼고서 조금은 덜 찬 상태로 놓아두는 것도 괜찮습니다.

충전에 과부하가 걸려서 휴대전화 배터리의 수명이 오히려 짧아지는 것처럼 우리 마음도 꽉 찬 포만감 상태에 있다 보면 스스로 발전하기에 게을러질 수 있습니다.
장수 유전자인 시루투인도 공복 상태일 때 활성화된다고 합니다.

'결핍이 에너지다'는 말이 있습니다.
지금의 결핍감은 어떤 의미에서는 삶의 원동력을 높이는 희망의 유전자가 제대로 발동하고 있다는 증거일지도 모릅니다.
가끔은 마음도 덜 채우는 연습이 필요합니다. 불안, 근심이 가득한 마음속에 자꾸 복잡한 생각을 채워놓으면 과부하가 일어나거든요.
그러니 인생을 너무 완벽하게 채우려고 하지 마세요.
어차피 빈 몸으로 떠날 인생인데요.

100이 되기에는 턱없이 모자란 숫자지만
100을 향해 걸어가는 희망찬 하루도 충분히 괜찮습니다.

# 그까짓 1이 뭐라고

SNS가 떼려야 뗄 수 없는 소통의 장이 되고 보니
생각지도 못한 부작용이 속출하나 봅니다.

톡에 1이라는 숫자가 빨리 없어지지 않으면
왠지 불안하다는 사람들….
왜 내 문자를 빨리 확인 안 하지?
답장은 왜 빨리 안 주는 거지?
종일 노심초사하다보면 아무 일도 할 수 없다는
사람들….

이뿐만이 아닙니다.
단문의 문자를 주고받는 과정에서
이모티콘을 사용했냐 하지 않았느냐에 따라
미묘한 오해가 발생하기도 합니다.

나 또한 예외는 아닙니다.
문자 보낼 때마다 하트 팡팡 날리던 친구가
이모티콘 하나 없는 건조한 문자를 보내면
얘가 내게 감정 상한 일이 있나?
이 야릇한 기분은 또 뭐지?
살짝 마음 상하는 경우가 더러 있어요.

이래서 얼굴을 보지 않고 문자로만 대화하는 것은
굉장히 위험한 소통 방식입니다.
대화란 그 사람 얼굴을 직접 보고
미세한 표정까지 읽어가며 소통하는 것인데
그 과정 없이 오직 문자로만 대화하다 보니
오해가 생길 수밖에요.
장문의 톡을 서로 주고받다가 서로 감정이 상해서
결별한 경우도 적지 않게 보았습니다.

스마트폰이 우리 생활에 없어서는 안 될
중요한 소통의 기기가 되었지만
순기능 못지않게 역기능도 만만치 않습니다.

속도는 더뎠지만 그 사람의

마음을 미루어 짐작해볼 줄도 알고

늦은 답장에 마음 졸이며 그 사람에게 편지가 올까

우체통 문을 몇 번이나 열었다 닫았다 하던

그래서 기다림의 낭만이 있던

아날로그 시대가 그리운 건

나만 그런가요.

# 나도 몰랐던 나

"어려운 순간이 되면 자신이 어떤 사람인지 나타난다."
소프라노 조수미 씨가 한 말입니다.
그녀는 수석으로 입학한 서울대학교에서 성적 불량으로 잘려 쫓기듯 이탈리아로 유학을 갔지요.
그때 삼 개월 동안 서로에 대해 다시 생각해보자던 남자친구가 좋은 여자가 생겼으니 헤어지자는 편지를 보내왔다고 합니다.

그 순간 이상하게도 담담하더랍니다.
평상시 그녀 같았으면 충격 받아 울고 불며 난리 떨었을 일인데요.
더 놀라운 건 그동안 방황하는 모든 감정이 정리가 되면서 아! 이제 내가 가야 할 길은 음악밖에 없구나 하는 생각이 들더랍니다.

정말 놀라운 자아 발견이지요?
그녀 또한 자신에게 그런 모습이 있는 줄 몰랐다고 합니다.

때때로 우리는 자신이 보유한 잠재력의 반의반도 발견하지 못한 채 살아갈 때도 많습니다.
그러다가 생각지도 못한 큰일에 당면하면 나도 몰랐던 또 다른 나를 발견하고 놀라기도 하죠. 이것이 나도 내가 이런 사람인 줄 몰랐다는 말이 탄생한 배경입니다.

모든 불안과 염려는 언제나 사소한 일에서 비롯됩니다.
그러다가 정말 어찌할 수 없는 내 능력 밖의 위기와 직면하면 오히려 강해집니다.
그러니 당신 자체가 곧 가능성이랄 수밖에요.

절망이 닥친 순간,
당신 안에 숨은 또 하나의 나와 만나려 노력해보세요.
이제껏 몰랐던 당찬 당신의 모습이
그 속에 들어 있을 겁니다.

사람은 태어날 때부터 시련에 주저앉지 않고 스스로 일어나려는 복구 능력을 갖고 있다고 하잖아요.
어제의 위기쯤이야 '아~, 내가 더 발전이 되려고 이런 일이 생기는구나' 쿨 하게 마음 고쳐먹고 지난 모든 것으로부터 터닝 포인트 하세요.

당신이라는 사람은
당신이 생각하는 것보다 훨씬 더
괜찮은 사람이니까요.

# 솔직함과 무례함 사이

"야! 너는 주제도 몰라? 말이 나왔으니 말인데 솔직히 네가 인물이 있냐, 학벌이 좋냐? 그만하면 너보다 백번 나은데 네가 왜 튕겨?"

오래전 결혼을 앞둔 친구와 통화하는 후배를 보며 몹시 언짢았던 적이 있습니다.
친하다고 막 해대는 말이 영 듣기 불편했습니다.
"말이 너무 심하지 않아?"
"괜찮아요! 지도 아무 말이나 막 하는데요. 뭐! 우린 그런 사이에요!"
아무리 친한 사이라도 절대 함부로 언급해서는 안 되는 말이 있습니다.
외모, 학벌에 관해서지요.
특히 여자들은 자신이 설사 못났다고 생각해도 타인이 외모를 폄하하면 굉장히 크게 상처를 받는다고 합니다.

학벌 또한 마찬가지입니다.
그 사람이 어느 대학을 나왔는지 아무리 궁금해도 직접 말하기 전에는 묻지 않는 게 예의입니다. 자칫 인신공격이 될 수 있으니까요.

친한 사이일수록 예의를 지키고 말조심하는 것은 기본 매너입니다. 상대가 대답하기를 꺼리는 질문이라면 하지 않는 게 맞습니다.
그런데도 사람들은 친하다는 핑계로 상대가 상처를 받든 말든 막말을 서슴지 않습니다. 배려 없는 행동이지요.

오래가는 관계는 그만한 이유가 있습니다.
서로 말조심하고 상대방이 싫어할 만한 이야기는 애초에 꺼내지 않기 때문이죠.

친한 사이일수록 그 사람의 자존심에 상처가 될 말은 절대 해서는 안 됩니다.

친하다는 것과 무례하다는 것은 분명 다릅니다.
후배는 그것을 혼동한 것이었지요.

허물이 없다는 것.
막역하다는 것.
이런 관계는 평생 한번 만날까 말까 한 인연입니다.
그 귀한 인연을 친하다는 핑계로 함부로 대한다면 관계의 붕괴는 불 보듯 뻔합니다.
솔직함이란 최소한 불편함이 느껴지지 않는 선까지를 말합니다. 상대방이 들었을 때 왠지 모를 불쾌감이 느껴진다면 그건 언어폭력입니다.

말에도 '적정수위'라는 것이 있습니다.
아무리 편한 사이라도 위험수위를 결코 넘어서는 안 된다는 말이죠.
그 사람이 수용할 수 있는 심정적 지지선이 존재하니까요.

그 선은 배려와 예의를 통해서만 존중받고 지켜질 수 있는 것입니다.

# 그럼에도 불구하고

모든 창작과 예술에는 절반의 선천성이 수반됩니다.
창작이라는 것은 무조건 노력만 한다고 되는 게 아니라는 말이죠.
그런데 이 생각이 틀렸음을 어제보다 훨씬 더 발전한 후배를 보면서 깨달았습니다.

작가로 성공하기에는 도저히 아니다 싶은 후배가 있었죠.
타고난 감성도 별로 없었고 필력도 그다지 뛰어나지 않았습니다.
그랬던 그녀가 어느 날, 자신이 쓴 오프닝 원고라며 한번 봐달라는 이메일을 보내왔습니다. 한눈에 봐도 일취월장한 문장력에 군더더기가 없는 훌륭한 글이었죠.
순간 놀랐습니다. 이 글이 정말 예전에 내가 알던 후배가 쓴 글이 맞나 의심이 들 정도였죠.

글에 힘을 빼라. 미문을 쓰려고 애쓰지 마라. 뭔가 있어 보이려고 현학적으로 쓰지 마라. 혼자 이해하는 글이 아닌 다수가 이해하는 쉬운 문장을 써라….
무엇보다 제 충고를 한 귀로 흘려듣지 않고 새겼다는 점이 고맙기도 했습니다.

그러면서 저는 또 하나 소중한 교훈을 얻었습니다.
선천적 소질을 뛰어넘는 후천적 노력은 없다고 했던 제 편견은 잘못되었다는 것을요.
소질만 믿고 노력하지 않는 사람은 꼭 이루고야 말겠다는 열망을 이길 수 없다는 것도요.

배우 채시라 씨가 처음 연기를 시작할 때, 음성이 낭랑하지 않고 두껍다며 절대 연기자로 성공할 수 없을 거라는 소리를 들었다고 합니다.
칸의 여왕, 전도연 씨가 영화 〈접속〉에 주연으로 캐스팅되었을 때, "다른 여배우는 몰라도 전도연만은 절대 안 된다, 그녀가 여배우로 성공하면 내 손에 장을 지지라"며 끝내 반대한 사람도 있었다는군요.

섣부른 예단이 얼마나 경솔한지 깨닫게 하는 사례입니다.

지금 당신의 콤플렉스는 역설적으로
내일 비상할 자신감이기도 합니다.
어제의 부족함이 내일의 완전함으로 환골탈태할지
아무도 모르는 일입니다.
세상 모든 성공한 도전 뒤에는 언제나
"그럼에도 불구하고"라는 말이
수식어처럼 따라다닌다는 사실을 알고 있지요?

처음부터 완벽하게 시작하는 인생은 어디에도 없습니다.
다들 실패와 실수를 거듭하며 살아가지요.
그것이 인생입니다.
가능성이 없다거나 혹은 실패했다고 해서
도망치거나 미리 포기해버리면 다음은 없어요.
그 순간부터 도돌이표 인생입니다.

그럼에도 불구하고
아무 일 없었다는 듯 툭툭 털고 일어나

보란 듯 다시 시작해야지요.

앞으로 당신의 인생 서사시에
'그럼에도 불구하고'라는 접속사가
넘쳐나기를.

。 혼자 옆에는 언제나, 같이

진정한 사랑은 설렘이 아니라
설렘이 멈춘 그 자리에 피어나는
온유한 정착감이어라.

# 그래도 우린 친구

새벽에 일어나 글을 쓰다가 설핏 잠이 들었나 봅니다.
그 짧은 시간…
한때 가장 친했던 친구가 꿈에 나왔습니다.
지금은 서로 연락도 하지 않고 남남이 된 친구가요.

어릴 때부터 단짝이었던 그녀와 나는
어느 날 별일 아닌 일로 헤어지게 되었습니다.
그때만 해도 먼저 연락해서 사과하면
자존심 상하는 일이라고 생각했지요.

그렇게 서로 눈치만 보는 사이에
세월은 저 혼자 훌쩍 건너뛰었고
화해란 영영 물 건너간 얘기가 되어버렸지요.
관계의 와해는 이렇게 아무것도 아닌 일에서 시작됩니다.

얼마나 시간이 흘렀을까요.
그녀와 헤어진 지 10년 만에 우연히 재회했습니다.
우리는 반가워서 종일 카페에 앉아 회포를 푸느라
시간 가는 줄 몰랐지요.
며칠 후 우리는 못다 한 얘기를 계속 나누기 위해
다시 만났습니다.

오래 헤어져 있었던 탓이었을까요.
대화를 나눌수록 어릴 때 내가 알던 그녀와
달라도 너무 다르다는 느낌을 떨칠 수가 없었습니다.
그녀 역시 마찬가지였겠지요.

그 후 우리는 몇 번을 더 만났지만
결국 세월의 공백을 극복하지 못한 채
다시 헤어지고 말았습니다.
그녀를 잃은 건 내 인생에 다시없는 손실임을 인정합니다.

먼 훗날 우리가 또다시 우연히 만난다고 할지라도
어릴 때 관계로 다시 돌아간다는 것은

영원히 불가능한 일이라는 걸
이제 우리는 너무 잘 알고 있습니다.
하지만 그녀가 어디에 있든
무엇을 하든 행복했으면 좋겠습니다.
누가 뭐래도 그녀는
내 어릴 때 가장 소중했던 나의 소꿉친구이니까요.
앞으로 꼬부랑 할머니가 되면
그때는 아무렇지도 않게 다시 만날 수 있을까요?
그런 날이 오긴 할까요?

진짜 소중한 내 사람을
쓸데없는 자존심 때문에 잃는 것만큼
어리석은 일은 없습니다.
알량한 자존심보다
소중한 친구를 지키세요.
그까짓 자존심이 뭐라고요.

함께 자라고 함께 나누고
함께 나이 들어가는 친구는

그 무엇과도 바꿀 수 없는 마음의 둥지입니다.

지금…
연락이 기다려지는 친구가 있다면,
아무것도 아닌 일로 소원해진 친구가 있다면
앞뒤 아무것도 재지 말고 먼저 한번 전화를 걸어 보세요.
친구 또한 당신의 전화를 애타게 기다리고 있을 테니까요.
부디 자존심의 용도를 잘못 사용하지 마세요.

오늘,
꿈속에서라도 친구를 만날 수 있어서 참 다행입니다.

# 때론 같이 결국은 혼자

마음이 울적할 때
따뜻한 위로 한 마디라도 듣고 싶은 때
망설임 없이 나와달라고 부탁할 사람이 몇 명이나 있나요.

이 생각 저 생각으로 잠 못 이룰 때
털어놓고 싶은 이야기가 있을 때
아무 때고 전화해 하소연할 수 있는 사람이
몇 명이나 있나요.

잘나가던 한 유명인이 음모에 휩싸여
일순간 몰락했던 적이 있습니다.
그때 가장 견디기 힘들었던 것은
그의 분노와 무관하게 마치 아무 일도 없었다는 듯
평화롭게 살아가는 사람들의 모습이었다고 합니다.

나날이 삭막해져가는 요즘
내 울분을 기꺼이 공분해주고 진정으로 같이 아파해주는
한 사람을 만나기란 쉬운 일이 아닙니다.
자기 일처럼 분노하는 사람이 있다 해도
나만큼 슬퍼하거나 아파하기는 쉽지 않습니다.
그것은 피를 나눈 형제라도 그렇습니다.

나이가 들수록 아무 때나 친구를 부를 수 있는 용기를 선뜻 낼 수가 없습니다. 나를 싫어할까봐 예의 없다고 할까봐 그렇게 염치를 차리다 보면 정작 누군가의 도움을 받고 싶어도 혼자 삭혀야 할 때가 있습니다.

한순간의 위로도 필요합니다. 위로한다고 해서 온전히 이해하는 것은 아닙니다만 잠시 잠깐의 위로, 조그마한 안도. 그것도 필요하지요. 그러나 내 마음과 똑같은 사람은 어디에도 없다는 것을 그것은 욕심일 뿐임을 기억하세요.

태어나 처음으로 소외감을 느낀 적은
어릴 때 친구들과 숨바꼭질 놀이를 할 때였습니다.

"꼭 꼭 숨어라 머리카락 보일라."
술래가 되어 눈을 감고서 몇 번이고 이렇게 외치고 나면
방금 전까지만 해도 곁에 있던 친구들이 모두 사라지고
철저히 혼자가 되어 있던 나.
그 아득한 외로움을 아직도 기억합니다.
중요한 건
혼자이되, 결코 초라한 혼자가 되지 않는 것입니다.
어릴 때 숨바꼭질하며 느꼈던 외로움은
미처 방어하지 못했지만
지금은 외로움을 견딜 만큼 충분히 강하고
이미 홀로 서 있습니다.

혼자라서 외롭다는 생각을 더는 하지 마세요.
백 명의 사람이 나를 에워싸고 있다한들
인간은 결국 혼자일 수밖에 없는 존재입니다.
세상이 나를 아무리 방해하고
외롭게 혼자 내버려둔다한들
두려워 말고 언제나 그렇듯
홀로 그 힘든 가시밭길을 당당히 헤쳐 나가세요.

그 순간, 이미 혼자가 아닙니다.

스스로를 가장 잘 위로할 수 있는 사람은
오로지 자기 자신입니다.
혼자여서 더욱 당당한 당신이 되십시오.

홀로 설 수 있을 때
우리는 더욱 강해집니다.

# 오늘이란 선물

전작 《사랑의 중력》에서 엄마가 한 달 동안 강원도 요양원에 계실 때 겪었던 일화들을 소개한 적이 있습니다.
이 글은 그 세 번째 이야기입니다.

요양원 입소식이 있던 날, 간단한 환영 행사를 마치고 자기소개를 시작했습니다. 그런데 한 젊은 여인이 자기소개를 하다가 갑자기 서럽게 우는 겁니다. 어깨까지 들썩이며 말이지요. 강당 안은 일순간 숙연해졌지요.
그녀의 사연은 이랬습니다.

명문대학을 나온 그녀는 부업 삼아 시작한 선물가게가 대박이 나면서 강남에 제법 큰 베이커리를 개업하게 되었죠. 사업은 나날이 번창했고 이쯤이면 고생 끝이겠구나, 했는데 덜컥 자궁암에 걸린 겁니다. 그것도 말기에. 방사선 치료에 민간요법까지 다 해보았지만 더는 가망이 없더랍니다. 이제 남은 시간이 얼마 되지 않았다는 걸 직감한 그녀는 아이들과 이별 연습을 하기 위해 요양원에 온 것이었죠.

그녀는 이별이란 말을 하는 순간 그동안 참았던 서러움이 폭발했는지 크게 오열하기 시작했습니다. 순간 강당 안은 눈물바다가 되었습니다.

아이들에 대한 그리움 때문이었을까요. 그녀는 요양원에 있는 동안 사람들과 좀처럼 어울리지 못하고 방에서 잘 나오지도 않았습니다. 스스로 고립을 선택함으로써 세상과의 미련을 완벽히 끊어내려는 것처럼 보였지요.

어느 날, 식사를 하던 그녀가 갑자기 환한 표정이 되어 식당을 뛰쳐나간 적이 있어요. 알고 보니 그날이 그녀의 생일이라 남편이 면회를 온 것이었습니다. 그때 남편과 포옹하며 아이처럼 좋아하던 그녀의 모습이 잊히질 않습니다. 그날 두 사람은 케이크에 초를 켜놓고 축하 노래를 부르다 말고 부둥켜안은 채 엉엉 울었다고 했던가요.

그들은 알고 있었죠.
그것이 지상에서 나누는 마지막 생일 축하라는 걸.

요양원 졸업식이 있던 날.
그녀는 서울에 가면 꼭 한번 집에 놀러오라며 내 손을 잡고 신신당부했습니다. 나는 그러겠다고 약속했지요. 서울에 와서 일하느라 정신없는 와중에도 나는 그녀에게 가끔씩 안부를 묻곤 했습니다. 그때마다 그녀는 몰라보게 건강해졌다며 아이처럼 좋아했습니다.

말기 암 환자에게 기적이 찾아오기도 하던데, 그녀가 드문 행운의 주인공이 되기를 빌고 또 빌었지요. 그러다가 한동안 연락이 뜸해서 불안한 마음에 전화를 걸어 보았습니다. 예상대로 그녀는 이미 이 세상 사람이 아니었습니다. 그녀의 마지막은 편안했다고 합니다.

그 후 오랫동안 나는 힘든 시간을 보내야 했습니다. 삶의 덧없음을 너무 일찍 알아버린 탓이었죠.
불과 얼마 전까지 함께 생활하며 가족 같은 정을 나누던 사람이 일 년도 안 되어 하늘나라로 떠났다는 사실이 믿어지지가 않았습니다. 하지만 언제나 그렇듯 산 사람은 또 살기 마련이지요.

"죽음을 염두에 둘 때 우리의 삶이 더 농밀해진다."
"계절이 바뀌고 눈이 내리면 내년에 저 눈을 또 볼 수 있을까. 저 꽃을 또 볼 수 있을까. 그럴 때 비로소 꽃이 보이고, 금방 녹아 없어질 눈들이 내 가슴으로 들어온다."
최근에 암 투병 중인 전 문화부 장관이자 작가인 이어령 선생님이 한 말입니다.

이 아침이 불현듯 선물처럼 느껴지는 오늘입니다.
밤사이 누군가는 또 세상을 떠났을 테죠.
만약 내 삶에 요양원에서의 시간이 없었더라면 일상의 행복 뒤에 하루라도 더 살려고 발버둥치는 누군가의 절규를 아마도 듣지 못했을 겁니다.

그런 생각도 듭니다.
우리 모두는 인생이란 여정 길을 함께 걸어가고 있는 나그

네가 아닐까 하고요.

그 사실을 조금 일찍 깨달은 나는
어쩌면 행운아인지도 모르겠습니다.
슬픈 행운아 말입니다.

## 그녀가 행복한 이유

운명이란 때론 잔혹합니다.
앞으로 무슨 일이 일어날지
전혀 예측 못하고 있는 사람에게는.

엘리베이터를 탈 때마다 정경 마님처럼 기품 있게 생긴 한 여인이 괴성을 지르며 산만하기 그지없는 한 남학생의 손을 꼭 붙잡고 있는 겁니다.
어느 날은 또 그 남학생과 콧노래를 흥얼거리며 걸어오기에 "어딜 다녀오세요?" 물었더니 "네~, 우리 아들이랑 산책 다녀와요" 하며 행복해하는 것이었죠. 그때도 아이는 아파트가 떠나갈 정도로 괴성을 지르며 자기만의 언어를 토해내고 있었습니다.

후에 알게 되었습니다. 아이는 어릴 때 집 앞 놀이터에서

놀다가 그만 놀이기구에서 추락했다는 걸.
모든 사고에는 골든타임이라는 게 있는데, 그녀가 아이를 발견했을 때는 이미 뇌 기능을 상실한 후였다고 합니다.
"그때 조금만 일찍 발견했어도 무사할 수 있었을 텐데, 이 아이 운명이죠."
그렇게 말하는 그녀의 표정에는 모진 세월을 견뎌낸 인고의 미소가 가득했습니다.

불행은 언제나 간발의 차이로 어느 날 불청객처럼 찾아옵니다. 그렇다고 그녀가 지금 불행하다고 말할 순 없습니다. 적어도 내가 아는 그녀는 엘리베이터에서 만날 때마다 행복한 얼굴로 웃고 있으니까요.
그녀의 키만큼 자라버린 외동아들을
세상에 둘도 없는 보물 바라보듯 하고 있으니까요.

그녀의 행복은 장애아들을 두어 어쩌면 불행할 거라는 사람들 편견 밖에 존재합니다.
그녀를 불행하게 만드는 건 사람들 시선이지 행복한 그녀가 아닙니다.

며칠 전 그녀로부터 언제 식사나 같이하자는 연락이 와서
기꺼이 그러자고 했습니다.
큰 아픔을 겪었으면서도 언제나 긍정적 삶의 태도를 잃지
않는 그녀가 존경스러웠기 때문입니다.
그녀와의 만남이 설레는 까닭입니다.

정녕 봄이 왔습니다.
무늬는 꽃인데 왜 진작 꽃망울을 터뜨리지 않느냐고
오늘도 불평하며 사는 우리들.
때가 되면 절로 필 것을
사람들은 어찌 그리 조바심 내며 안달복달하는 걸까요.
그녀가 들으면 콧방귀 끼며 이렇게 말할지도 모르겠어요.
"차암, 배부른 소리 하고 있네요."

우리의 오늘은 이미 차고 넘치도록 행복합니다.
누군가의 아픔과 비교해서 하는 말이 결코 아닙니다.
밤사이 나와 우리 가족 모두가 무사해서
이토록 아름다운 아침을 맞이할 수 있다는 것!
얼마나 축복인가요.

## 떠나온 자리, 떠나간 자리

"만나는 사람은 줄어들고
그리운 사람은 늘어간다.
끊어진 연에 미련은 없더라도
그리운 마음은 막지 못해."

방송을 보다가 이 가사에 꽂혀 검색해보았더니
선우정아의 〈그러려니〉란 노래란다.
듣고 보니 참말로 맞는 말이다.

우리 모두는
살면서 수많은 이별을 반복한다.

그 사람이 어쩐지 나와 맞지 않아서,
그 사람과 어쩌다보니 연락이 끊겨서.

그리고 마지막은

그 누구도 원한 바가 아니었지만

그 사람 운명이 다해 하늘나라로 떠나서.


물론 그중에는 한 때 내가 열광하며

좋아했던 사람도 있을 것이고

어쩔 수 없는 오해로 미워했던 사람도

분명 있을 것이다.

하지만 세월이 지나고 나니

너무 쓰지도 너무 달지도 않은 믹스 커피처럼.

모든 감정이 '그리움'이란 단어 하나에 응축된다.


왜냐하면 어쨌든 싫으나 좋으나

그들은 한때 내 삶의 희로애락을 함께했던

수많은 인연의 한 점이었을 테니.


사람이 나이가 들어가면서

유독 도드라지게 보이는 변화 두 가지가 있다.

눈물이 많아지는 것과

떠나보낸 아니, 놓쳐버린 인연들에 대한
회한과 그리움이다.
그것이 단순히 나이 들었음에서 오는
일회적 감상이라 할지라도.

어제 〈캠핑 클럽〉에선 결코 절친이라 말할 순 없는
효리와 이진의 심중의 대화가 오갔다.
대화 중 울기도 했던가.
방송이 끝나고 문득 생각했다.

왜 모든 관계는 끝이 나고서야
통렬히 후회가 되는 걸까.
왜 모든 관계는 세월이 흘러 주어야만이
그리움이란 감정으로 희석되는 걸까.
왜 인생이란 한 권의 장편 소설에는 챕터마다
한 가지씩 삶의 지혜 팁을 첨삭해놓지 않는 걸까.

지금 이 시간이 지나면
나는 또 얼만큼 잃어버린 인연들에 대해

그리워하며 후회할 것인가.

그 생각을 하니
우리 인생은 예전에 내가 끙끙대며 풀던
『수학의 정석』 책과 별반 다를 바 없는 것 같다.

그래도 이젠 예전처럼
해답을 안 보려고 애쓸 필요가 없이
언제라도 뒤쪽 해답을 찾아볼 수가 있으니
그 해답에 걸맞은 하루로 채워나가야겠다.

미래에서 보면
오늘도 미래의 과거가 될 터이니

그때 가서 후회하지 않기 위해.

# 지지 않을 용기

"절대 안 된다는 말에 지지 않을 용기! 바로 그 간절함이 내가 여전히 빈센트를 사랑하는 이유임을."

정여울 작가가 저서《빈센트 나의 빈센트》에필로그에서 밝혔던 소회입니다.
그녀의 간절했던 사랑 때문일까요.
그녀가 쓴 책을 통해 빈센트는 다시 부활했습니다.

우리는 때로 너무 많은 것을 쉽게 포기하고 쉽게 단정하며 살아가는 건 아닐까요. 얼마든지 실현가능한 일인데도 말이지요.
그 일을 하지 않기 위해 합리화할 구실은 얼마든지 존재합니다. 타인이 그 일을 하지 못하게 막는 방해의 구실도요.
중요한 것은 그럼에도 불구하고 빈센트처럼 지지 않을 용기를 가슴에 품고 사는 열정입니다.
열정만큼 세상 모든 부정의 말들을 한 방에 상쇄시키는 말이 또 있을까요?

살아가면서 능력이 충분한데도 불구하고 나 자신과 타인으로부터 "너는 안 돼!"라는 말을 수없이 듣고 삽니다.
타인의 그 말 속에는 상대가 '진짜 성공하면 어떡하나' 하는 시기와 경계심이 함께 들어 있을 것입니다.
하지만 남은 남일 뿐이고, 제일 용서할 수 없는 일은 내가 나에게 내리는 심정적 사형 언도의 말입니다.
"나는 안 돼!"
바로 이 말입니다.

우리가 모르는 사이에도 우리의 자아는 희망이라는 세포 분열을 수없이 반복하고 있습니다.
그런데도 희망이 싹트기도 전에 "나는 안 돼"라는 말로 기어이 새순을 잘라버리고 맙니다.
우리의 적은 타인이 아니라 내 안의 못난 자신이라는 말입니다.

자기 연민도 과도하면 자기 청승이 됩니다.
자기 연민은 힘든 일 앞에 좌절했을 때 스스로를 독려하는 자기애의 발화, 딱 그쯤에서 멈춰야 합니다.

어젯밤, 《빈센트 나의 빈센트》의 마지막 책장을 덮으며 많은 생각에 빠져들었습니다.
특이한 성격을 가졌다는 이유로 사람들과 잘 어울리지 못하고 평생 무시당하며 살았던 빈센트.
심지어 부모조차 늘 겉돌기만 하는 그를 평생 무관심으로 방관했습니다.
살면서 그가 사람들에게 가장 많이 들었던 말도 바로 이 말이었을 것입니다.
"너는 안 돼!"
독선과 편견은 진정한 천재를 낙오자로 만들 만큼 해악입니다.

살아생전 혼자만의 광기에 젖어 그토록 외로웠던 빈센트는 이제 사람들이 열광하는 그의 작품 속에서 찬연히 빛나고 있습니다.

우리에게 오늘을 살게 하는,
존재의 힘은 과연 무엇일까요.

그것은 바로 나니까 할 수 있다는
택도 아닌 근자감(근거 없는 자신감)이 아닐까요.

때로 우리는 세대 불문하고
시건방지고 자뻑 가득한 삶을 살아도 볼 일입니다.

# 자기 검열을 놓치지 마세요

마음이 허할 때면 습관처럼 서점을 찾는다.
그곳에 가면, 누군가의 고뇌와 아픔으로 탄생했을 숙성된 언어들이 제발 자기 말 좀 들어달라며 귓전을 노크한다.

익숙한 종이 냄새
책장 넘기는 소리
침묵을 데우는 낮은 음악

이렇듯 조화롭고 총체적인 매력을 지닌 공간을 나는 본 적이 없다. 서점이란 그런 곳이다.

들어서자마자 익숙한 베스트셀러 매대가 눈에 띈다. 선뜻 사서 읽기는 어쩐지 내키지 않고, 그래도 베스트셀러라니 도대체 어떤 책일까 궁금해서 책 한 권을 집어 읽어 보았다.

솔직히 좀 허탈했다. 누가 책 낸 저자 아니랄까봐
'이것보다는 내 책이 더 나은데….'
나도 모르게 본능적인 비호의 마음이 불쑥 올라왔다.
하지만 이내 그 마음을 접고 현실로 돌아왔다. 그리고 생각했다.

성공하는 책에는 이유가 다 있다.
글이 좋다거나, 유명 작가의 책이라거나, 심지어 표지와 제목이 특이해서라거나. 성공의 배경이 어떠하든 책을 선택하는 것은 온전히 독자의 몫이다. 독자들이 베스트셀러로 만들었다면, 거기엔 분명 합당한 이유가 있을 것이다.
그런데도 책이 별 게 아니라고 폄하한다면 그 책을 선택한 독자들을 모욕하는 것이 된다.

언제나 '나만'이라는 고유하고 독선적인 아집에서 벗어나야 한다.
내가 하면 더 잘할 것이고, 내 것이 저 사람 것보다 더 우위에 있다는 착각이 늘 우리를 게으른 몽상가로 이끈다. 불성실한 착각은 몽매하고 우둔한 나르시시즘과 다름없다.

그러므로 세상 모든 성공한 것들에 대해 쓸데없이 질투하지 말아야 한다. 근거 없는 비판도 하지 말아야 한다.
그 성공에 합당한 이유를 찾고자 내 이견을 억지로 대입할 필요란 더더욱 없다.
나는 나고 그들은 그들이니까.

책을 읽으며 영혼의 비타민을 주유 받는 기쁨도 적지 않은데 나는 별것 아닌 사유 속에서 별것 있는 삶의 교훈을 또 하나 건져 올린다.
그리고 '언젠가 베스트셀러 저 자리에 내 책이 오를 날도 있겠지' 상상하며 무한한 기쁨에 젖어본다.
이제 겨우 책 한 권 냈으면서⋯ 베스트셀러를 꿈꾼다는 게 가당키나 한 일인가.

냉엄한 자기 검열은 어느 때고 필요하다.

# 참을 수 없는 가벼움

닭이 방금 한 일을 망각하는 데는
정확히 7초가 걸린다는군요.
그렇다면 사람은 어떨까요.

하지 말자고 몇 번을 다짐하는데도,
잘 지켜지지 않는 것이 하나 있습니다.
"이건 비밀인데…" 하는 말입니다.
하지만 참을 수 없는 말의 무게란 얼마나 가벼운지.

살아가면서 모든 걸 무장해제하고 누군가에게
내 속을 탈탈 털어 보여주고 싶을 때가 있습니다.

루이제 린저의 《생의 한가운데》라는 책을 보면 이런 말이
나옵니다.

설사 순수한 마음이었을지라도 타인에게 자신의 모든 걸 털어놓아서는 안 된다고요. 상대방에게 자신의 고민을 털어놓음으로써 그 사람과 더 가까워졌다고 생각하는 것은 착각이라고요.

어쩌면 말이란 뱉어놓고 후회하는 것보다는
좀 답답하더라도 영원히 혼자 간직하는 것이
더 나을지도 모릅니다.

세상에 영원한 비밀은 없다지만
사람 마음이 또 어디 그런가요.
발 없는 말이 천리를 가고 나서야 가슴 치며 후회합니다.

그럼 뭣하나요.
돌아서면 "이건 비밀인데…" 하며
또 언제 그랬냐는 듯 속도 없이 손가락을 겁니다.
그렇게 당하면서도 한 치의 의심도 없이
누군가를 또 믿는다는 게 참 못 말리는 망각증 아닌가요.

사람들에겐 타인의 비밀 이야기를 들으면
자꾸 폭로하고 싶은 심리가 있다고 해요.
비밀을 절대로 발설해선 안 된다는
정신적 압박감을 누군가와 공유함으로써
일종의 심리적 해방감을 맛보는 것이지요.
이러니 세상에 믿을 사람 하나 없다고 할 수밖에요.

상대를 철석같이 믿고 했던 말인데
"너한테 만큼은 절대로 하지 말라더라"며 약조의 말까지
보태어 전하는 바람에 황당했던 기억, 있을 것입니다.
그러니 이제부터는 비밀 이야기를
타인에게 너무 쉽게 털어놓지 마세요.

비밀이라 말하는 그 순간부터 이미 비밀이 아니게 됩니다.
내 입을 떠나는 순간,
그 말을 통제할 수 있는 재간은 없습니다.
당신에게 영원히 무덤까지 갖고 가야 할 비밀이 있다면
끝까지 침묵하십시오.

완벽하게 비밀을 유지하는 가장 좋은 방법은

애초에 비밀을 만들지 않는 것입니다.
영원히 밀봉되는 비밀이란 없으니까요.

# 돌고 도는 인연

지인이 한때 안 좋게 헤어진 사람과
모임에서 우연히 만났다고 합니다.
헤어질 때 다시는 안 볼 것처럼 못 볼 꼴 다 보이고
결별했던 터라 몹시 당황스러웠답니다.
흔히 하는 말로 "우리나라는 한 다리만 건너도
사돈의 팔촌으로 다 엮인다"라는 말이 있습니다.
땅 덩어리는 좁은데 인맥은 거미줄처럼
엮여 있다는 뜻일 테죠.

원수는 외나무다리에서 만난다고,
나 또한 그런 운명의 장난을 수없이 목격했습니다.
하고 많은 사람 중에 하필이면 왜 그 사람이냐고,
좋은 인연 다 놔두고 하필이면 또 재탕 인연이냐고,
하늘 향해 백번 항변해봤자 아무 소용없습니다.

그렇기에 우리는 누군가와 안 좋게 헤어지더라도
절대 밑바닥 모습까지 보여서는 안 됩니다.
훗날 변명의 여지가 없는 극단의 모습만큼은
보이지 말아야 합니다.

세상에 어디 막말하고 살 일이 있던가요.
인연이란 돌고 도는 것입니다.
내가 너를 다시 보면 인간이 아니라며
악담하며 헤어졌지만 한 달 후, 아니 일 년 후
어디에서 어떻게 또 만나게 될지는 아무도 모릅니다.
일대일 관계라면 악연을 핑계 삼아 안 보면 그만이지만
공적인 관계로 얽히면 피할 방법은 없습니다.
설마, 하는 일이 거짓말처럼 일어나는 게
우리 인생사입니다.
그 사람이 아무리 밉고 용서할 수 없을지라도
훗날 외나무다리에서 마주쳤을 때를 대비해서
최소한 서로 얼굴 붉히지 않을 정도의 여지는
남겨두고 헤어져야 합니다.
즉, 인격의 마지노선은 지켜야 한다는 얘기죠.

세상에는 영원한 적도 없으니까요.

이것을 진작 알았더라면
이별을 대하는 나의 태도도 좀 더 성숙하지 않았을까요.

# 나만의 행복 풍경

제가 그리는 행복한 모습이란
통유리 속으로 늘어진 초록의 잎들이 무성히 보이고
자기도 질세라 비집고 들어오는 햇빛에
나른하게 샤워하면서
잔잔한 음악과 함께 책을 읽으며
게으른 하오를 즐기는 평화로운 풍경입니다.

그러다 지겨워지면 목젖이 보일만큼
큰 하품을 하며 기지개도 켜 보고
자스민 향 가득한 차를 예쁜 찻잔에 담아
그윽한 시선으로 음미하기도 하죠.
그러다 또 노곤해지면 강아지들과 철퍼덕 소파에 누워
낮잠을 자기도 하겠지요.

무질서하지만 한없이 안락해 보이는 이 모습은
완벽한 무장해제의 순간입니다.
그때 창밖으로 떼 지어 날아가는 새들은
그런 우리 모습을 부러워 죽겠다며 곁눈질하겠지요.

휴일이라 교외에 다녀왔습니다. 소풍 나온 가족들로 가득하더군요. 강아지들과 경주하듯 잔디밭을 뛰어다니는 사람들을 보고 있노라니 '그래, 저게 바로 진짜 행복이지' 그런 생각이 들었습니다. 그 시선 틈으로 요즘은 드라마에도 잘 안 넣는다는 나 잡아 봐라 씬을 잘도 연출하며 행복해하는 연인들 모습도 보였고요.

우리는 가끔 바랍니다.
나에게 단 하루 만이라도 완벽하게
휴식할 수 있는 시간이 주어진다면 정말 좋겠다고.
그런데 막상 그 시간이 주어지면 어떻게 쉬어야 할지,
무얼 해야 할지 잘 몰라 시간만 축내고 맙니다.
그때 휴대전화기를 들고 연락한 지 한참 된 친구들에게
커피나 한 잔하자며 연락을 넣어봅니다.

허나 휴일 날 집에 있기 만무한 친구들은
저마다 선약이 있다며 거절을 합니다.
소외감이 밀려옵니다.

삶이 빠듯하고 내 맘대로 되는 게 하나 없더라도
가끔은 나만의 '행복 풍경'에 빠져보아요.
가만히 눈을 감고 상상을 해보는 거죠.
그 순간 정신이 아득해지며 날아갈 듯한 감미로움이
사방을 감쌀 거예요.
마음만 먹으면 행복한 것들이 지천에 널렸는데
모르고 있을 뿐이지요.

저는요…. 이유도 없이 우울해질 때면
자발적으로 행복채집에 나선답니다.
가까운 시장에 가서 맛있는 음식을 사 먹으며
식도락에 빠지기도 합니다.
그 일상의 행보가 제겐 곧 행복입니다.
집 나올 때만 하더라도 우울했던 마음이
언제 그랬냐는 듯 종적을 감추기 때문입니다.

제가 그리는 행복의 모습이란
바로 이런 일상의 정경들이죠.

직장인들이 회사를 그만두고 싶다는 생각이
가장 많이 들 때가 오랜 휴가를 마치고
다시 회사로 복귀할 때라고 합니다.
하지만 휴식도 열심히 땀 흘려 일하고 난 뒤
선물처럼 갖는 휴식이어야 더 소중하게 느껴지는 법.
일없이 무상으로 즐기는 휴식에는
어떤 감흥도 느낄 수가 없다는 거. 잘 알고 계시지요?

일주일이 비록 월화수목금금금이라 할지라도
마음만은 늘 주말을 기다리는 마음으로 보내 보세요.
그 애틋함이 곧 행복의 원천입니다.

목적이 분명한 기다림만큼
사람을 행복하게 하는 건 없습니다.

# 식탁의 변심

신혼 때 나는
그이를 위해 밥을 하고 식탁을 차리는 일이 무척 행복했다.
세상에 단 한사람인 내 남자를 위해
갖은 정성을 다해 요리를 한다는 게 너무 즐거웠다.
누가 새댁 아니랄까봐
예쁜 꽃무늬에 귀여운 프릴이 달린 앞치마를 입고
식탁엔 언제나 노오란 프리지어 꽃으로 장식을 하며
우리의 성찬을 준비하곤 했다. 콧노래를 흥얼거리며.

그 시절 나는 참 행복했다.
내가 정성껏 만든 음식을 맛있게 먹는 그의 모습을 보며
그가 좋아하는 음식이라면
백번도 더 만들어 줄 수 있을 거라고 생각했다.
그땐 그랬다.

시간이 흐르고 사랑하는 남자를 위해 요리하는 걸
그토록 좋아하던 앳된 새댁은
이제 더 이상 요리에 흥미를 느끼지 못하는
게으른 여자가 되어버렸다.

날마다 프리지아 꽃향기로 진동하던 식탁은
하기 싫은 요리를 다만 먹기 위해 준비하는
아내의 탄식으로 가득하다.
남편은 그대로인데
그를 위해 음식을 준비하던 나의 감흥은
예전의 설렘과 충일함을 완전히 잃어버렸다.
이유가 뭘까.

사랑도 요리도
세상에 변하지 않는 건 아무것도 없다.
모든 것엔 확실히 때가 있는 것 같다.
시간이 지나고 권태와 의무만 남은 자리엔
이제 빛바랜 타성만이 존재하니.
그렇다고 우리의 사랑이 끝났다곤 말할 수 없을 것이다.

비록 이제는 손끝만 닿아도 찌릿하게 감전되던
황홀한 설렘은 없지만
오랜 시간 옹기 속에서 숙성되어 나온 묵은 김치처럼
우리에겐 싫으나 좋으나 함께 건너온 우리만의 강이 있다.
때로는 사랑이었다가 때로는 미움이었던
그 숱한 전쟁과 평화의 날들을
어떻게 말로 다 설명할 수 있을까.


그를 위해 요리를 하고 분주히 식탁을 차리던
행복했던 시절은 이제 떠나가고 없지만
그와 손잡고 유명 맛집을 찾는 분주한 발걸음 속에는
또 다른 행복의 조각들이 역력히 스며들어 있다.


신혼이 사랑하는 단 한사람을 위해 요리를 하며
아득한 행복함을 느끼는 일이라면
결혼은 그 아득한 행복감이 엷어진 자리에
고요한 안도감을 채워 넣는 일이다.
휴전이 아닌 영원한 종전을 선언하며
각사의 뜰이 아닌 서로의 뜰에

화해의 씨를 뿌리는 것이다.

인생은 우리 의지와 상관없이
우리가 반드시 통과해야 할 삶의 관문들이 있다.
그 관문들을 혼자가 아닌 평생을 함께하기로 한 짝지와
손을 잡고 들어가는 게 결혼이다.

나는 오늘도
하기 싫은 요리를 하려고 억지로 주방 앞에 섰다.
사람은 자신이 먹어온 밥그릇 수만큼
인생을 알게 된다고 하던데
우리 사랑은 음식이 예전같이 맛이 없어도
그래도 맛있다며 타박하지 않는
그의 농익은 이해 속에 여전히 머물고 있다.

결혼이란 그런 거.
하기 싫은 요리를 억지로 해야 하는 식상한 주방 앞에서
이토록 많은 만감을 떠올리게 하는 것.

# 비밀의 방

"사람은 누구나 세 가지의 삶을 산다.
공적인 삶.
개인의 삶.
그리고 비밀의 삶"
영화 〈완벽한 타인〉에 나왔던 마지막 대사입니다.

많은 사람이 오직 타인에게 잘 보이기 위해
가식적으로 연출하며 살 때도 있습니다.
그러는 사이 진짜 내 모습은 흔적도 없이 사라지고
내 안의 또 다른 내가 친구하자며 다가옵니다.
그저 남 비위 맞추기에만 급급한 못난 내가 말이죠.
순간 자조합니다.
'지금 내가 뭐 하고 있는 거지?'
'꼭 이렇게 속도 없이 피에로처럼 살아야 하나?'

현실의 나는 그렇지 못한데
타인의 기대치에 맞추려 애쓰는 내가 안쓰럽기도 합니다.
구겨진 자존심 때문에 문득 화가 치밀어 오르기도 하고요.
여기에 타인이 원하는 내 모습에 억지로
끼워 맞추려 하다 보면 자아 실종감은 극에 달하게 됩니다.

그놈의 나오지도 않는 썩은 미소 양념으로 보태며
가뜩이나 불안한 자리 지켜내느라 얼마나 수고했는지요.
맘에도 없는 오버액션에
영혼 1도 없이 맞장구치는 아부 속에
절망했던 날은 또 얼만가요.

내 삶의 주인은 바로 나 자신입니다.
가끔은요, 전혀 오픈되지 않은 내 모습도
간직할 수 있어야 합니다. 공적인 관계에 억지 부합하느라
종일 억지웃음 지으며 피곤했던 나를 토닥이고
다른 사람은 절대 볼 수 없는 나만의 비밀의 방은 있어야
한다는 말입니다.
그러다가 "당신 이런 사람이었어?"라는

힐난 아닌 힐난을 들을지라도.
한 가지쯤은 절대 타인이 눈치 못 챌
고유한 나만의 모습을 가지고 살아야 합니다.
오프 더 레코드 같은 봉인된 삶.

너무 많은 걸 드러내고 사는 삶은 당장은 인정받아 좋을지 몰라도 돌아서면 '이게 아닌데…'라는 허탈감을 갖게 합니다. 인생을 꼭 그렇게 확인 도장 받듯 모조리 내보이며 살 필요가 있을까요. 평생 남에게 잘 보이기 위해 갑각류 같은 딱딱한 껍질을 쓰고 살아가는 삶이란 생각만 해도 얼마나 피곤한가요.

오늘 하루 만이라도 모든 치장과 가식을 걷어낸
진실된 나와 만나 보세요.

누구의 눈치도
누구의 평가도 신경 쓸 필요 없는
온전한 나만의 방.

그 속에 들어가 보면

나도 몰랐던 진짜 내 모습이 비로소 보입니다.

# 다른 인생 같은 무게

삶은 결코 녹록한 여행이 아닙니다.
이제야 시련 끝 행복 시작이다 싶으면,
어느새 전보다 더 높은 고행의 산이
떡하니 버티고 서 있지요.
그래서 인생을 고해라고 말하는지도 모르겠습니다.

어디로 보나 불행과는 거리가 멀어 보이는
교수님이 있었습니다.
그녀는 아름다웠고 사회적으로 명망 있는 남편과
착하기 그지없는 외동딸을 곁에 둔
누가 봐도 행복한 삶을 살고 있는 듯 보였죠.

그런데 어느 날 낯빛이 유난히 어두워서
무슨 안 좋은 일 있느냐고 물어보았습니다.

그러자 그녀는 뜻밖의 고백을 하는 게 아니겠어요.
"지나온 내 삶을 되돌아보니 행복했던 날보다 삶을 포기하고 싶을 정도로 지치고 힘들었던 날이 훨씬 더 많았구나. 다른 사람 인생인들 그렇지 않겠니?"

언제나 완벽한 삶을 사는 듯이 보였던
그녀의 입에서 나온 말이라 당황했습니다.
한편으로는 '모든 걸 다 가진 듯 보이는 사람도
세상사 힘들긴 마찬가지구나' 라는 동질감과 함께
묘한 안도감이 들었습니다.

남의 떡이 더 커 보이고 맛있게 느껴지는 것은
인지상정입니다.
하지만 보이는 게 다가 아닙니다.
내 손에 쥔 작은 떡 하나가
커 보이기만 하는 남의 떡보다 훨씬 나을 수 있습니다.
보잘 것 없을지라도 내게 주어진 유일한 것이라면요.
못생긴 떡 속에 생각지도 못했던
달콤한 꿀이 숨겨져 있을지 또 어떻게 아나요?

누구의 삶이든 작정하고 뒤집어보면
행복하기만 한 인생은 없습니다.
그래서 인생을 다 거기서 거기까지라고 하지 않나요.
그러니 내 인생만 고단하고 남루하다고
잦은 실망감에 빠지지 마세요.
다들 그렇게 숱한 상처와 고통을 안고
아무렇지 않은 척 살아가니까.
이렇게 생각하면 조금 위안이 되지요?

평탄하기만 한 삶은 어디에도 없습니다.
완벽해서, 나와 비교 대상조차 될 수 없었던 그 사람이
알고 보니 당신보다 훨씬 불행한 처지라는 걸
당신만 몰랐을 뿐입니다.
인생의 막다른 낭떠러지에 서보지 않은 사람은 없습니다.
그럼에도 불구하고 버티고 사는 이유는
비록 비루한 삶일지라도 이 세상에 태어난 이상
존재의 책임은 다하고 싶기 때문입니다.
그래서 다들 견디고 있는 거지요.
"아프니까 인생이다"라는 말을 천만 번 되뇌며 언젠가는

이 지긋지긋한 시련이 끝날 것이라고 희망하면서요.

한 발만 삐끗해도 추락하는 벼랑 끝에서
썩은 동아줄이라도 잡으려고 발버둥 치는 것이
지금 우리들 모습이기도 합니다.
죽을힘 다해 살다가도 문득문득 모든 걸 내려놓고
하늘 향해 통곡하고 싶을 때도 있습니다.
남들은 별일 아니라고 해도
그 고통이 얼마나 큰지 충분히 압니다.
손톱 밑 가시도 내가 견딜 수 없다면
혹독한 중병이 되는 법이니까요. 이해합니다.
하지만 그 고통이 아무리 크다 한들 영원하지는 않습니다.
그러니 절망하지 마세요. 이제껏 잘 버텨왔잖아요.
오늘이 불행할 마지막 날이라고 믿으며
하늘 향해 종주먹이라도 한번 날려보자고요.

그래! 네가 이기나 내가 이기나 어디 한번 해보자!
크게 외쳐보면서요.

# 세월은 나를 배신하지 않았다

대부분의 여자는 자신이 꼭 아들을 낳을 거라고 맹신한다고 하는군요.
이 근거 없는 확신은 어디에서부터 시작되었을까요.
어쩌면 아들을 유난히 선호하는 한국 사회 특유의 정서가 만들어낸 잘못된 믿음이 아닐까요?

한 드라마 피디는 작가 지망생들이 한 번만 읽어달라며 원고를 보내오는 바람에 난처할 때가 많다고 합니다.
더 우스운 것은 원고를 보낸 사람들이 하나같이 강조하는 말이 있는데요. 바로 이 말이랍니다.
"이 드라마가 대박이 안 나면 제 손에 장을 지져요!"

나도 그럴 때가 있었습니다.
전파 낭비라는 생각이 들 만큼 허접한 방송을 보면 '저걸 내가 쓰면 더 잘 쓸 수 있을 텐데…' 하며 안달이 났지요.

한 가지 분명한 사실은 이 맹랑하고 대책 없는 확신은 삶이 힘들어서 주저앉고 싶을 때 요즘 말로 '등짝 스매싱'을 해주는 각성제가 되었습니다.
세상에 명확한 건 하나도 없고 "이게 정답이다"라고 말해줄 수 있는 사람 역시 한 사람도 없으니 이런 맹목적인 자기최면이 위로가 될 때도 있습니다.

얼마 전, 수영장에서 인터뷰한 한 SNS 친구의 동영상을 보고 크게 감동 받은 적이 있습니다.
그는 수심이 제법 깊은 수영장 안을 아무렇지 않게 걸어가며 이렇게 말했습니다.
"사방이 안개가 낀 것처럼 앞이 보이지 않을 때도, 걷다보면 길이 보일 거라는 믿음으로 뚜벅뚜벅 앞을 향해 걸어간다"고요.

그래서일까요.
물로 가득 찬 수영장 안을 걷고 있는 그의 발걸음은 새털처럼 가볍고 유쾌해 보였습니다.

어쩌면 지금 우리에게 가장 필요한 것은
"나는 잘 될 거야"라는 황당하지만
맹목적인 신념 하나인지도 모릅니다.
우리가 애써 안달하지 않아도,
시간이 흐르면 저절로 없어지는 것이 어디 안개뿐일까요.
지금 내 앞을 가로막은 장벽 또한 언젠가는 허물어집니다.

어떤 난관도 가뿐하게 뛰어넘는 세월의 위력을
묻지도 따지지도 말고 한번만 믿어 보세요.
세월이 그저 흘러만 간다고 생각하나요? 그렇지 않습니다.
머지않아 흐르는 시간 속에 나도 모르게 담금질된
단단한 나 자신을 발견할 수 있을 테니까요.

그때 우리는 또 이렇게 말하겠지요.
"세월은 나를 배신하지 않았다"라고.

# 세상은 언제나 당신 편

사람 사는 세상, 어디를 가나
상하 권력 구도와 빈부 격차라는 서글픔이 존재한다.
잊힐 만하면 세상을 뜨겁게 달구는 가진 자의 갑질,
자랑하듯 SNS에 올라와 있는 그와 그녀들의
럭셔리 라이프.
하지만 이런 것 따위에 기죽을 우리가 아니란 걸
너무 잘 안다.

우리는 좀 더 가졌다고 없는 사람 무시하는 그들을 보며
저렇게 살지 말아야겠다는 온전한 정신을
보유하고 있지 않은가.

햇빛은 누구에게나 공평하게 비추지만
비싼 돈을 주고 썬탠한 그와 그녀의 구릿빛 몸매에서는

결코 자연에서 샤워한 듯한 향기는 나지 않는다.
인공적이고 가공적인 것, 화려하게 치장한 것일수록
가까이 가보면 오히려 역한 냄새가 진동하는 법.
비굴하게 타협하지 않고 오늘도 꿋꿋하게 나만의 향기로
청정함을 간직한 당신을 사랑한다.

얼마나 다행인가.
향기롭지 못한 일들이 세상을 뒤덮고
못난 권력으로 내리찍는 사람들이 가득한 세상에서
한 번도 변절하지 않고 여기까지 왔다는 것이.
그런 당신이야말로 진정한 승자가 아니겠는가.

가진 자의 못난 열등감보다
덜 가졌으나 여기저기 기웃거려 보는
당신의 주책스러운 용기를 사랑한다.
그런 당신에게 머잖아
좋은 일이 일어날 거란 것도 알고 있다.

오늘 당신의 처음은

한 치 의심의 여지가 없는
행복의 출발점이라는 것도.

세상은 언제나 그런 당신 편이다!